感悟一生的故事

爱情 故事

曹金洪　编著

北方妇女儿童出版社
·长春·

图书在版编目（CIP）数据

爱情故事 / 曹金洪编著 . -- 长春：北方妇女儿童
出版社，2010.6（2024.3重印）

（感悟一生的故事）

ISBN 978-7-5385-4659-0

Ⅰ.①爱… Ⅱ.①曹… Ⅲ.①故事 – 作品集 – 世界
Ⅳ.①I14

中国版本图书馆CIP数据核字(2010)第083493号

爱情故事
AIQING GUSHI

出 版 人	师晓晖
策 划 人	陶　然
责任编辑	于　潇　刘聪聪
开　　本	710mm×1000mm　1/16
印　　张	11
字　　数	200千字
版　　次	2010年6月第1版
印　　次	2024年3月第6次印刷
印　　刷	旭辉印务（天津）有限公司
出　　版	北方妇女儿童出版社
发　　行	北方妇女儿童出版社
地　　址	长春市福祉大路5788号
电　　话	总编办：0431-81629600
定　　价	49.80元

前 言

是浮华的风带不走燥热的怅然，是盲动的雷也震不醒驿动的灵魂。这世间的一切，太多的幻想，太多的浮华，太多的……只有呼吸着的每一天，才感受到她的价值，她的真实。此刻，生命对于我们来说，只有一次，可以把握，可以珍惜。

于万千红尘中，我们不停地奔波着，劳碌着，快乐着也痛苦着，其目的就是为着生活，为着活着的质量。是血浓于水的亲情带着我们赤裸裸地来到这个尘世，当我们响亮的第一次啼哭，带给父母这一辈子最动听的音乐的同时，我们便与亲情紧密相连，永不可分了。也许前行的路荆棘丛生，也许前行的路坑坑洼洼，也许前行的路一马平川，但我们只要带着亲人们真切的惦念，带着亲人们殷殷的祈盼，就不会迷失前进的方向，就不会沉沦于泥潭沼泽里而不能自拔。

历经人生沧桑时，或许有种失落感，或许感到形单影只，这时，总会有一种朋友，无须形影相随，无须感天动地，无须多言，便心灵交汇，又能获得心灵的慰藉；在饱受风霜时，总会有一种朋友，无须大肆渲染，无须礼尚往来，无须唯美的表达方式，就能深深地感受到一种力量与信心，就能驱动前行的脚步。朋友无须多而在于精，友情也不必锦上添花，而在于雪中送炭。

童话故事里，我们经常看到王子吻醒了沉睡的公主，或是公主吻到中了魔法的青蛙，便可以幸福地结合在一起，永不分开。在这世上，也许有一份真爱可以彼此刻骨铭心到地老天荒，也许有一种真情彼此生死相依到海枯石烂。而这份真情、这份真爱却因世事的沧桑而深入到人们的骨子里，成为人们心中永恒的痛。

爱，有时，真的就是一种感觉，一种魂牵梦萦的感觉；有时，真的就是一种意境，一种心手相携的意境；有时，又会是一种情怀，一种两情相悦的情怀……

也许，真的如他人所说吧，亲情、友情、爱情，抑或其他值得珍惜的情谊，只是一种修为。所有的绝美，也许应该有一个绝美的演绎过程。我们所能做的，就只有把这种"永存"记录下来，让更多人从中获得感悟，获得启迪。

岁月如歌，有一些智慧启发我们的思想；有一些感悟陪伴我们的成长；有一些亲情温暖我们的心房；有一些哲理让我们终生受益；有一些经历让我们心怀感恩……还有一些故事更让我们信心百倍，前进不止。一个个经典的小故事，是灵魂的重铸，是生命的解构，是情感的宣泄，是生机的鸟瞰，是探索的畅想。

这套丛书经过精心筛选，分别从不同角度，用故事记录了人生历程中的绝美演绎。

本套丛书共20本，包括成长故事、励志故事、哲理故事、推理故事、感恩故事、心态故事、青春故事、智慧故事、人格故事、爱情故事、寓言故事、爱心故事、美德故事、真情故事、感恩老师、感悟友情、感悟母爱、感悟父爱、感悟生活、感悟生命，每册书选编了最有价值的文章。读之，如一缕春风，沁人心脾。这些可贵的精神食粮，或许能指引着我们感悟"真""善""美"的真正内涵，守住内心的一份恬静。

通过这套丛书，我们不求每个人都幸福，但求每个人都明白自己在生活。在明白生命的价值后，才能够在经历无数挫折后依然能坦然地生活！

目录
Contents

天使的眼泪

为了一个美丽的约定

真爱无敌

玫瑰往事

穷人的爱情

　　不可否认的是，有些人的爱情是建立在金钱基础上的，这样的情感是多么不牢靠啊！金钱总有用完的一天，而那时爱也就随之丧失了。如果真的那么看重金钱，还不如和钱结婚来得直接。

妻子的秘密

柳青青

"春日宴，绿酒一杯歌一遍，再拜陈三愿：一愿郎君千岁，二愿妾身常健，三愿如同梁上燕，岁岁长相见。"这是结婚典礼上，她当众念给他的贺词。

他一直都忘不了她当时的眼神，凝重而又深情，他常说："那一夜，你那么美丽，我那么爱你。"而她，也总是在这时欣慰地依偎在他宽阔的怀里，甜甜地笑。纯粹的一见钟情和闪电结婚，让所有人都不相信他们能恩爱到老，就连他们自己有时都不相信，她经常问他："世界上还有比我们更好的夫妻吗？"而他也总是刮刮她的小鼻头，笑着说："没有啦！"

她在公司，他在机关，工资都不算很高。她比他还要挣得多一些，因此每次发薪水时，她总是马上找个没人的地方打电话告诉他，要他夸夸自己，而他，就总是笑着说："小长工，真能干！"于是她就陶醉在这份嘉奖中，将所有的心血都投入他们的小家中。

她爱存钱，经常趴在那里点计算器，算怎样存才会多得到一点儿利息，然后就像只勤快的小蜜蜂，一个人在银行里频繁地进出，倒腾他们俩那点儿微薄的薪金。他很粗心，就把家交给她管，虽说这样省心，但也着实心疼她来回跑，但她却乐此不疲。她对未来充满了期待，她说将来要买他酷爱的音响，买她喜欢的书籍，布置一个彩色的宝宝天地……而他也总是惭愧自己不能给她更多。每逢这时，她总是柔声地安慰他："面包会有的，牛奶也会有的。"

日子久了，他发现她的书桌里有一节上了锁的抽屉，从不当着他的面打开。虽然她依旧知足常乐地上报自己的收入，但是存折上的钱与他想象中存入的数额总是差上一截，经常有对不上账的时候，但存折并没有放在那节上锁的抽屉里。他不免心生疑窦，心想会不会是买了新衣、新书了？可是她很少购置新衣，或买书，只去书市看书，而且不识路的她也不敢一个人上街，总是要他带着去。他想开口问问，又怕她多心，只好把疑惑存在心里，心想，不管怎样，只要她开心就好了。两个人，就这样过着平凡而又平淡的日子。

但日子终于不平凡了。婚后五年，她怀孕了。他在单位知道这一消息时，兴奋得直往家奔，却忘记了交通规则，出了车祸，被送进医院。醒来时，焦灼万分的她，泪流满面，拼命地亲着他，颤声说道："老天保佑，你终于回来了！"第二天，她去做了人流，心无旁骛地照顾他。突来横祸，将她几年来的那点儿家底全给折腾光后，他终于幸免于瘫痪，从医院回家休养了。望着几个月来憔悴了太多的她，想到他们失去的那个孩子，他的心疼得都抽搐了。而后，他郑重地向她提出了离婚，理由是不能让自己再拖累她。吓呆了的她望着他，一字一顿地说出了他以前曾最不愿面对的一句话："上帝在浪漫的面前摆下了一只空碗，是吗？"终于落泪的他却依旧坚持明天就去办手续，他说："因为太爱你才肯失去你。"而这时，她隐藏了多年的秘密也终于揭晓了，她开启了那节上锁的抽屉，拿出了一份保险单，原来她藏下的那些钱是为他上保险的。他惊诧地看到受益人并没有她，而是他和他远在外地的父母，并且这次车祸的赔偿给付通知也夹在其中，金额已超过这个家几年来的所有积蓄。泪眼婆娑地抬起头来、含怨带嗔的她在他的额头上狠狠敲了一记："快点儿夸夸我！"而他只

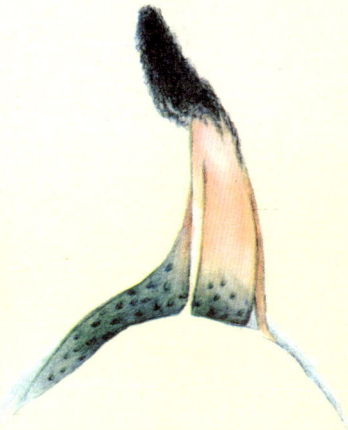

是抱住她，喃喃地问："为什么？"她贴在他的怀里："因为太爱你才不能失去你。"

两年后，他们的儿子过百日，恰逢情人节。从来没有送花给她的他，手捧9朵鲜艳的红玫瑰站到了她的面前，在灿烂的笑容和惊呀的欢呼后，是一个长长的吻。

心灵寄语

人的一生是短暂的，其间有很多东西虽然不舍但总会失去，就像两个人的爱情，分不出对与错，但在点滴之间会失去太多。当你把心交付给另一半时，也往往只有到了困难过后，你才能体会到爱情散发出来的各种滋味，那便是幸福。

给咖啡里加点儿盐

刘名远

他和她的相识是在一个晚会上，那时的她年轻美丽，身边有许多追求者，而他却是一个很普通的人。因此，当晚会结束，他邀请她一块儿去喝咖啡的时候，她很吃惊，然而，出于礼貌，她还是答应了。

坐在咖啡馆里，两个人的气氛很是尴尬，没有什么话题，她只想尽快结束，然后好回家去。但是当小姐把咖啡端上来的时候，他却突然说："麻烦你拿点儿盐过来，我喝咖啡习惯放点儿盐。"当时，她愣住了，小姐也愣了，大家的目光集中到了他身上，以至于他的脸都红了。

小姐把盐拿过来，他放了点儿进去，慢慢地喝着。她是个好奇心很重的女子，于是很好奇地问他："你为什么要加盐呢？"他沉默了一会儿，很慢地，几乎是一字一顿地说："小时候，我家住在海边，我老是在海里泡着，海浪打过来，海水涌进嘴里，又苦又咸。现在，很久没回家了，咖啡里加点儿盐，就算是想家的一种表现吧，可以把距离拉近一点儿。"

她突然被打动了，因为，这是她第一次听到男人在她面前说想家，她认为，想家的男人必定是顾家的男人，而顾家的男人必定是爱家的男人，她忽然有一种倾诉的欲望，于是，跟他说起了远在千里之外的故乡，冷冰冰的气氛渐渐变得融洽起来。两个人聊了很久，并且，她没有拒绝他送她回家。

再以后，两个人频繁地约会，她发现他实际上是一个很好的男人，大度、细心、体贴，具备她欣赏的所有优秀男人应该具备的优点。她暗自庆幸，幸亏当时的礼貌，才没有和他擦肩而过。她和他去遍了城里的每家咖啡馆，每次都是她说："请拿些盐来好吗？我的朋友喜欢在咖啡里加点儿盐。"

再后来，就像童话里所写的一样："王子和公主结婚了，从此过着幸福的生活。"他们确实过得很幸福，而且一过就是四十多年，直到他前不久得病去世。

故事似乎要结束了，如果没有那封信的话。

那封信是他临终前写给她的："原谅我一直都欺骗了你。还记得第一次请你喝咖啡吗？当时气氛差极了，我也很紧张，不知怎么想的，竟然对小姐说拿些盐来，其实我喝咖啡不加盐的，当时既然说出来了，只好将错就错了。没想到竟然引起了你的好奇心，这一下，让我喝了半辈子加盐的咖啡。有好多次，我都想告诉你，可我怕你会生气，更怕你会因此而离开我。现在我终于不怕了，因为我就要死了，死人总是很容易被原谅的，对不对？今生得到你是我最大的幸福，如果有来生，我还希望能娶到你，只是，我可不想再喝加盐的咖啡了！"

信的内容让她吃惊，同时有一种被骗的感觉，然而，他不知道，她多想告诉他，她是高兴的，因为有人为了她，能够做出这样一生一世的"欺骗"。

心灵 寄语

爱情时而甜蜜时而苦涩，就像是一杯咖啡，其中的滋味需要慢慢品尝，而爱情的滋味是需要我们用一生去品味的，有时为了守护幸福我们会说善意的谎言，而这些谎言往往需要我们花一生的时间来补偿。

穷人的爱情

罗 西

一穷二白的一对学生恋人，却爱得流光溢彩。

大二时，全班只有他们两个买不起电脑。夜里，同学们都在上网玩游戏，而海就拉着郁闷的云说，我们去公共教室做个游戏。那时阶梯教室人特别多，已经没有座位了。云在门口探一下头，又缩回来，海拍拍她的头，大步流星地走上讲台，拿起粉笔在黑板上写了两个大字：有课。只见教室里一片忙乱，正上自习的人嘟囔着纷纷站起来收拾书包走出教室。起初愣在门口的云到这时终于明白了男朋友所谓的"游戏"，情不自禁地笑了，她发现海经常让人"情不自禁"，这是一个很好玩的男孩儿，干净、孩子气，她喜欢。

看着即刻被清空的教室，海回头冲着女友一乐，说："怎么着，这招灵吧！"可是话音刚落，就有一人又进来了，海冲他一努嘴，说有课。那人说："知道呀。我就是来上课的老师，你们是商贸系的吧，我是来代课的。"原来还真有课呀，闪人吧！这样的喜剧真人秀，云看得瞠目结舌，笑得前仰后合，她挽着海的手臂："算了，我们去看江，不用买门票的。"

闽江的水，在入海处显得雍容华丽，特别是在两岸灯光的烘托映照下。他们

站在桥上凭栏远眺，有些清冷。海把云的手放到自己的怀里，云只好侧过身来，两个人就这样额头相碰。云说："有钱人谈恋爱都爱去什么咖啡厅，听说靠窗可以看到江的座位，还要预订。你看，我们不也一样可以看到江吗？"海把她搂得更紧："谢谢！"他一时感动得居然说不出话来，他心里明白，女友是在委婉地安慰自己。

记得他第一次带这个从西北乡下来的女孩儿去麦当劳买甜筒，他们两人分别站在不同队列排队，看谁先买到谁就负责埋单。结果，云先轮到了，她迫不及待地说："给我两个滚筒！"没想到那个缺心眼儿的服务员居然对云大声地纠正说："不是滚筒，是甜筒！"云有些无地自容，但是，看见男朋友冲过来，怜惜地抱着自己的时候，她又从心底里涌出骄傲来。更糗的是，最后掏遍口袋里的钱，仍然少一元，当然，有海在，没有解决不了的问题！

平常开销都是他们做家教挣来的钱，云还有一个弟弟上高一，每个月她还要寄100元回去给弟弟。海也是来自山区的，因为爸爸一辈子都没有出过大山，所以给儿子起了个带"海"的名字；而云的名字则是她妈妈起的，妈妈羡慕云可以飞得那么高、那么美。这对同样出身贫寒的恋人，就这样一路分享着彼此的温暖与憧憬。

风越来越大，海说："我背你回去。"然后就不容置疑地蹲下，要云爬上来。云有些惊喜又有些羞涩："不要啦！人家看见了多不好。"但是，她的手已经抓到了海的肩膀。"你可以再胖一些！"海站起来这样说着，心满意足地背着她走，云咬着他的耳朵说："你是不是口袋里没有坐车的钱了？"

海笑了："我是你永远的巴士，不好吗？"云没有回答，她在擦泪。男生有多少钱是他的家世，花多少钱则是他的态度。记得有一次他们在街头，因为学费的问题都有些愁眉不展，但是，当海看见有人卖茉莉做的手链时，他依然毫不犹豫地为她买了一串，虽然只是一元钱，但那可是海一顿早餐的费用。"我没有钱，但是有体力，还有心。"这是海最悲壮的语言。经常在阳光灿烂的操场上，他一句话不说，就突然举起云来转圈，在云张牙舞爪地求饶时，他说："幸福不就一个'晕'字吗？"男人一般喜欢用物质表示爱意，但是，海则用心。他说她不仅有漂亮的眼睛，还有美丽的眼神，因为她"居然会看走眼，看上我这样的穷小子"。

他们最初的爱情发生地是火车站。那是第一学年春节期间，云本来不想回老家的，但突然听说妈妈病了，才临时买了黑市的票，一个人到火车站。火车站广场上人山人海，大家都在奋力地向前冲。看到火车的时候，她傻眼了，要上车的人实在太多太多，她再怎么挤，永远都是最后一个。她机械地、被动地挤着，急得都快哭了。这时有人喊她的名字，云还没反应过来，那人已经把她抱了起来，往一个窗口里塞，然后大叫："爬进去！快爬进去！"在他的帮助下，云挣扎着上了火车。趴在窗前准备接行李时，才看清那个抱自己的男生，哦，是同学海……后来，海在信里告诉云说，他早已经盯上了云，本以为那个春节两个人可以一起在学校过，没想到她临时变了卦，当他发现云背着行囊匆匆走出去时，他就尾随而来了……

很快，他们都大学毕业了，分别在福州找到了不错的单位，然后继续他们的爱情。一天，云正在公司的宿舍里学习打毛衣，她要给海一个惊喜，要为他织一件毛衣。突然来了电话，是海用手机打的："请下楼，有人想见你！"他不是出差了吗？这么神秘？不懂男友又有什么魔术要表演，云便兴冲冲地跑下去，海正在一辆白色汽车旁笑着。"人呢？"云有些心虚地问。海马上躬身打开车门，从里面走出三个人：父亲、母亲、弟弟！云冲过去，抱住两年没有见过的亲人："你们是怎么来的？"他们异口同声说："阿海带来的！"原来，海并不是什么穷人的孩子，他父亲是福建石狮一家民营服装企业的老板，他一直不想沾父亲的光，而父母也支持他"以穷人自居"，所以大学四年，他们也都是让海自食其力，想不到，他演得太像，都乐不思蜀了。"因为有你相伴，所以穷也开心。"

这是海的内心表白。

因为父母催婚，他这才被逼露出原形，心想，这次的惊喜，一定会让云终生难忘。他便背着她亲自去甘肃接来她的家人，来看南方的海，然后在双方父母的见证下，正式向云求婚……云撒娇地捶打着亲爱的海："你骗人！""以后再也不敢了。"海扶着吃惊过度的女友，心疼地保证。

在海的石狮老家，父母为这对有情人举行了盛大的订婚仪式。在海给云戴上钻戒的时候，云也从包里掏出一件凝聚着自己心血的毛背心，虽然有些简单甚至粗糙，但是她说："这是我织的，我是北方的女孩儿，对温暖特别敏感，所以我想表达的也是一种温暖情怀。"海当着众贵宾的面，抱起幸福的云旋转。是的，幸福不就一个"晕"字吗？

心灵寄语

不可否认的是，有些人的爱情是建立在金钱基础上的，这样的情感是多么不牢靠啊！金钱总有用完的一天，而那时爱也就随之丧失了。如果真的那么看重金钱，还不如和钱结婚来得直接。

地震废墟下的深情绝唱

佚 名

　　2003年5月1日，土耳其东南部宾格尔省迪亚巴克尔地区发生里氏6.4级地震。5月2日清晨，当救援人员将一位身受重伤的孕妇从废墟中抢救出来时，这位名叫珊德拉的女教师忍着伤痛指着废墟说，她的丈夫还被埋在下面，而且仍然活着。然而，当救援人员费尽周折将她的丈夫从废墟中挖掘出来时，发现他已经死了。他身旁放置的一部电池能量即将耗尽的录音笔却仍在转动，里面不时传来他的声音，言语中充满了对妻子的鼓励和深情厚谊。虽然这件事情已经过去多年了，但这段绝美如诗的爱情留言故事仍在土耳其流传……

陷入可怕的人间地狱

　　雷米和珊德拉结婚已经两年了，雷米是土耳其宾格尔省迪亚巴克尔地区的一家小报记者，珊德拉是一名中学教师。2003年4月30日，这天是他们的结婚纪念日。下午，珊德拉很早就买好了晚餐所需的食物，她要为雷米准备一顿丰盛的晚餐。可当珊德拉回家准备好饭菜后，却迟迟等不到雷米回家的脚步声。她从7点一直等到11点，看着桌上的菜一点点地凉了，她觉得再也无法忍受了。她想：

　　雷米竟然毫不在意这个特殊的日子，他太自私了，只知道工作，完全忽略了她的存在，忽略了她的情感要求。她独自上了床，泪水在脸上肆意地流淌着。就在这时，她听到了门锁打开的声音，还有雷米因为疲惫而沉重的脚步声。

　　雷米轻敲着卧室的门，进来后抱歉地对珊德拉说："今天有一个突发采访任务，一时情急，忘记今天的约会了。"珊德拉流着泪，连看也没有看雷米，低着头对他说："如果你连我们的结婚纪念日都可以忘记的话，那么，我们得重新考虑一下是否还应该生活在一起。今晚，你就睡书房吧，我们彼此冷静地思考一段时间。"雷米看着珊德拉毫无商量余地的眼神，叹息着关门出去了。

　　半夜时分，珊德拉被一阵巨大的响动惊醒了，睁开眼，好像整个房子都在颤抖，她意识到可能是地震了，她非常害怕。这时她听见隔壁的雷米在拼命地敲着房门，并叫她赶紧钻到床底下去，她刚刚将身子藏到床下，只听"哗啦"一声巨响，她觉得眼前一黑，就什么都不知道了。

　　也不知过了多久，珊德拉才有了一点儿知觉，她睁开眼，发现四周一片黑暗，同时感觉浑身疼痛。珊德拉意识到自己被埋在了房屋的废墟中，到处都是钢筋、木梁、泥土和石块。她很害怕，大声地叫着雷米的名字。但很久都没有听到他的回应。珊德拉绝望地想，丈夫是不是已经死了？泪水悄悄地布满了她的脸庞。因为极度伤心再加上伤痛，她又昏死了过去。恍恍惚惚中，她听到有人在大声地叫着自己的名字："珊德拉！珊德拉！"她幽幽地醒转过来，又仔细地听了听，是的，是雷米在叫她的名字！他没有死！她努力张开干裂的嘴唇，大声地答应着雷米："我在这儿，快救我！"

　　珊德拉边说边试图移动一下身体，不料腰部一阵剧痛，手也好像断了，根本抬不起来。死亡的恐惧使她大哭起来。这时，从附近传来了雷米的声音："亲爱的，别害怕，我在这儿呢！"因为书房和卧室之间的墙壁已经倒塌，雷米离妻子非常近，如果两个人都不说话，他们甚至能听见彼此的呼吸声。雷米的声音像一针镇静剂，让珊德拉感觉到了生存的希望，她惶恐的心渐渐安定了下来。

绝境中爱的对话

腰部的剧烈疼痛让珊德拉忍不住呻吟起来，她对雷米说自己非常害怕，而且腰部受了伤，根本动不了。雷米赶紧安慰她说："别害怕，亲爱的，不是还有我在你身边嘛！"

"嗨，亲爱的，你记得吗，你说有份神秘礼物要送给我的，现在收不到，等我们出去后你可还是要给我的呀！"雷米继续和珊德拉说着话。

珊德拉这时才记起，自己还有一件很重要的事情没有告诉雷米，她本想在纪念日的烛光晚餐上对他说的。珊德拉的心里不禁一阵痛楚，因为她想，这件礼物也许再也没有机会送给丈夫了，她对自己能否活着从废墟里爬出去不抱任何希望。但她沉默了一会儿，还是低声告诉了雷米，她怀孕了！

雷米也沉默了，他似乎没想到，他们会在这样的绝境中分享这个喜讯。怀孕的事情让珊德拉心里一阵黯然，她想孩子也许等不及出世，就将随着自己一起葬身在这茫茫的黑暗和可怕的废墟中，她非常后悔自己为什么没有早点儿怀孕，也有些怨恨雷米之意。如果他不是以工作太忙为借口，一直推托着晚点儿要孩子，也许他们早就有了一个活泼可爱的儿子或女儿了。想到孩子，珊德拉的心再一次沉到了谷底，她觉得自己的眼皮也开始沉沉的了。珊德拉告诉雷米，自己很困，想睡觉。雷米马上扯着嗓子大声地叫着："珊德拉，现在不能睡，这一睡也许就永远也醒不过来了！你千万不要放弃希望，还有我们的孩子在你的肚子里呢，他会没事的，生命有时不是我们想象的那么脆弱！你听到了吗？他也许正在肚子里叫妈妈呢！"

"雷米！"珊德拉艰难地叫着丈夫的名字，"我的伤可能很严重，救援的队伍不知什么时候来，我想我是活不了啦，我真希望你能抱抱我呀！"珊德拉的声音里透着绝望。

"不，亲爱的，你会平安无事的！我也没事，房屋塌下来的时候，一条横梁正好卡在沙发上，挡住了石块。我还能动，我可以把塌下来的石块一点一点地掏开，然后我就能见到你了。书柜的抽屉里正好放着一些急救药，我就躺在旁边，可以毫不费力地取到，所以你不用太担心，我会来救你的！现在最关键的是你不能睡去，要保持清醒的意识！"雷米急切地对珊德拉说。

听到雷米安然无恙，还能挖开石块过来救自己，珊德拉的眼前一亮。这时，她耳边果然传来了石块和瓦砾被搬动的声音，她仿佛听到了充满希望的乐章。

最美最痛的谎言

也许是失血过多的缘故，珊德拉已经开始有些神志不清了，她的眼皮也已经越来越沉。她悲伤地告诉雷米，自己实在是坚持不住了，想睡一会儿。雷米叹了一口气，只得说，你千万不要睡得太沉了，我马上就会过来帮助你！接着，他又说，自己的耳膜好像被裸露的钢筋刺穿，听力正在逐步丧失，如果她醒来后跟他说话，他或许听不到了，但他会一直在她旁边说话，并且努力地从废墟中爬到她的身边。

又是几个小时过去了，在这段时间里，珊德拉好几次都忍不住想彻底摆脱这种痛苦的折磨，昏睡过去一了百了，但雷米不时讲述的一些幽默故事、深情唱起的一些情歌以及对他未来幸福生活充满诗意的描述，使她最终坚持下来了，她一边听着他的声音，一边紧紧地咬着自己的嘴唇以保持意识清醒。

当一线亮光从头顶照射下来时，她几乎兴奋得大喊起来，她想，雷米终于扒开了废墟，来到了她的身旁。她却不知道，来的不是她的丈夫，而是救援人员。为了不让突如其来的亮光伤害到她的视力，她的眼睛很快被他们用黑布条蒙住了。当珊德拉发现抱住她的并不是雷米，而是救援人员时，她赶紧提醒他们废墟下还躺着她丈夫，并坚定地说他还活着，因为她一直听见他在说话。救援人员于是迅速进行挖掘，但让所有人都大吃一惊的是，他们发现的只是雷米已经僵硬的尸体，以及一部电池能量即将耗尽、声音十分微弱的录音笔！

当救援人员把这一不幸的消息告诉珊德拉时，她根本无法相信，她大声叫起来："你们一定搞错了，雷米怎么可能死呢？他只是耳朵受伤而已，他一直在旁边说话，还不停地挖着石块想要过来救我呢！"

这时，一个救援人员从废墟中找到了雷米写下的几页日记，尽管日记是在黑暗中写的，字迹歪歪扭扭，但还是能够辨认清楚，大家看了雷米的遗言，这才了解了珊德拉怀疑的理由和整个事情的真相。

原来，那夜被珊德拉拒之门外，雷米就在书房的沙发上睡觉，所以他根本就没有察觉到震前的异常响动。地震时，屋顶掉下一块巨石，正好砸到他的身上，他的下半身被砸成了肉泥，血肉模糊，四肢也多处骨折。如此严重的伤势，雷米知道自己活下去的希望不大了。就在他难过的时候，他想到珊德拉的感情十分脆弱，如果这个时候不帮她的话，她可能会放弃生存的希望。在绝境中，一个人求生的意志是非常重要的，它常常会创造出生命奇迹。为了让珊德拉充满信心，他一个劲儿地说着话鼓励她坚持下去。当雷米听到珊德拉怀孕的事情时，他的心里更加难过。他下决心让母子平安地活着出去，以弥补他以前对妻子的亏欠。于是他不停地说话，设计着他们一家三口美好的人生，使珊德拉对活下去充满了动力。

雷米说着这些谎言的时候，他的身体已经非常虚弱。他意识到自己恐怕坚持不了多久。而正好这个时候珊德拉昏昏欲睡了，于是他灵机一动，决定把自己的话用恰巧掉在旁边的公文包里的录音笔录下来。他想到珊德拉听见这段录音时，他可能已经不在人世了，于是趁她意识尚清醒时告诉她，他的听力正在丧失，有可能听不到她的话了，这样他在放录音的时候就可以不引起珊德拉的怀疑。

雷米的录音笔可以连续录四个小时，这几个小时里他强忍着巨大的伤痛说话、唱歌，并且假装搬动石块和瓦砾。当电池耗尽后，他又从公文包里拿出备用电池换上。接着，他又从公文包里找出笔和纸张，摸索着写了几页遗言，然后在生命的最后关头按下了放音键……

所有看见雷米的遗书和听见那段生命留言的人，都被感动得热泪盈眶。珊德拉更是忍不住痛哭失声，她一直以为丈夫忽略了对她的爱，而在这次突如其来的横祸中，丈夫不仅以一个极其睿智和美丽的谎言拯救了她和她腹中孩子的生命，还谱写了人间一段最真挚感人的爱情乐章！

心灵 寄语

地震可以瞬间夺走人的生命，可见人在大自然面前是多么脆弱、渺小。但在绝境中，人的意志，那种发自本能的求生的意志却会爆发出巨大的力量。而这时你可以决定用这种力量挽救自己的生命，还是用它来拯救爱情？文中的雷米用自己的生命给出了回答，为我们树立了榜样。

矜持的错失

王新龙

她和他的相识，始于很偶然的机会。

她的好朋友琼嫁给了他的朋友宏。那一天，当她去看望这对新婚夫妇时，他和宏正在楼下网球场打球。她对运动天生有一份喜爱和热情，于是换上了琼的运动装，兴冲冲地跑下去加入他们的行列。

他身材颀长，身穿蓝色T恤和白色球裤，显得极其俊秀挺拔。他们的网球打得很好。看着那近乎专业的球技，她倒吸了一口气，顿时为自己刚刚班门弄斧的念头后悔不迭，转身就往回跑。

可是宏已看见了她，在后面喊她"一起玩玩嘛"。

她收住了脚，硬着头皮走下球场。宏把球拍塞给她。

她连声解释自己"打得很差很差"，他却温和地微笑，眼神中有丝丝鼓励的光彩。

他尽量把每一个球打在利于她接的点上，对她打飞的球也尽力跑去接上。她有一种和教练打球的感觉。勉强打了一会儿，她就退下去了。她想，他一定觉得很没劲。她为自己羞愧不已。

吃饭的时候，当她和琼兴致勃勃、旁若无人地讨论墙上新挂的字画时，宏忽然抬头看看她，回头对他说："你还名花无主是吗？我把这位小姐介绍给你如何？"

他依然微笑地看了她一眼，没有摇头也没有点头。

她顿时住口，收起笑容，涨红了脸。虽然平时她高兴起来可以很活跃、很坦然，但是内心深处，她既纤弱又自卑。她不是漂亮可爱的女孩子，她太平凡了。她认定他的沉默已经是对她最大的礼貌和尊重。她埋头快速吃完饭，就告辞了。

一个星期后，她接到他的电话。他约她周末一起打网球。

她惊讶得说不出话来。过了很久才"哦"了一声。

他以为她已经答应，便说"到时见"，收了线。

她的第一反应就是把琼抓来"痛骂"一番。怎么还把她的电话号码给了他呢？而他一定是出于礼貌才不得不约她一次的！一定是的！她迫不及待地给琼拨了电话。号码拨了一半，忽然一线灵光掠过她的脑海，她记起了那天他和她聊天的时候，他们曾交换过彼此的名片。

她抓过提包，把它层层翻遍，终于在袋角找到了那张已有点儿折皱的纸片，上面写着"经济硕士""副总经理"。她在心里对自己摇摇头。

犹豫再三，她还是赴约了。她对自己说，既然有这么好的教练自愿教她打球，又何必拒绝呢？不去白不去。

从此以后，这成了他们之间的默契。他会在每个周末的下午给她打电话，告诉她打球的时间、地点。他们一起打球、聊天，有时一起吃饭，就像一对老朋友。唯一迅猛发展的是她的球技。在他的耐心指导下，她的网球技术一天天提高。和他对打，已经不再需要心惊胆战、羞愧万分了。

两个月后，在那个固定的时间里，她没有等到他的电话。那一整天她都心神不宁、郁郁寡欢。她一直坐在电话机旁。每次电话响起，她心中都会"腾"地升起模糊的希望，但当她拿起话筒时，却不是他的声音。

夜已经很深了，她依旧靠着坐在沙发里。膝上的书已经摆了很久很久，一页也没有翻过去。书面上放着那张名片，那上面很清楚地印着他的电话和手机号码。每一个号码她都能随口背出，却始终没有勇气伸手拨动那些号码。

她以为她可以很潇洒、很不在乎。从他们交往的第一天开始，她就对自己说，总有一天这一切会结束。她是一只丑小鸭，不是白雪公主。她从来不探究他对她的看法，也不分析他对她的感觉。她怕受到伤害。她以为她把自己保护得很好很好了，但现在当这一切真的开始结束的时候，她为何会如此心伤？

她等待了两个星期，他不再有一丝消息。

她把网球拍收了起来，和朋友出去玩了几天。她害怕一个人静静地待着，她变得不敢面对自己了。

岁月顺流而过，她以淡忘的方式治疗了心中的创伤。

一天，琼和她聊天的时候，突然说到他。琼说："他已经结婚了，娶了一个富家女，和他挺般配。"

她笑着点点头。

那天晚上，她关闭了房间所有的门窗，在震耳的迪斯科音乐中看小说至深夜，直到自己很累很累了以后，才和衣睡了过去。她不给自己回忆的时间。她知道她承受不起。

一年之后，琼生了一个胖儿子。满月时请她参加庆祝晚会。

于是她和他相遇了。他几乎没有变化，依旧那么高贵挺拔，脸上挂着祥和的笑容。见了她，好像什么事情也未曾发生过。

她淡淡一笑，走开了。

从琼的家里出来，她向公共汽车站走去。月光朦胧地洒在大地上，空气中洋溢着桂花清香。她正抬头看着天幕，这时有人在后面叫她。

她回过头去。是他！

她的心里霎时涌出万分复杂的感觉。最后，她深吸了一口气，决定摆出大方而无所谓的态度。"嗨。有事吗？"她问他。

他看着她，一时无语，失去了那与生俱来的安稳沉静，他竟然有些无措。过了好一会儿，才开口："我送你。"

"多谢，不用了。"她转身要走，说了声"再见"。

他急急跨前拦住她。"我后来……出了车祸。"他冲口而出。

她一震，猛地抬头："什么？"

"我出了车祸，在医院里躺了一个月。"他说，"所以没再约你打球。"

"我不知道……"她喃喃低语，随即问，"你没事吧？伤在哪里了？"

"我没事。"他又微笑了，仿佛她的关怀鼓舞了他，他已从不安中恢复过来，只是笑容有点儿苍凉。

"你为什么不告诉我？"

他笑容中的苍凉加深了。"我以为，你对我的出现与消失毫不在意。我以为，如果你有一点点在意，你会主动给我打电话，那么我会告诉你我需要你来照顾。我一直在等你的电话。我等了整整一个月……"

心灵 寄语

缘分是种很奇妙的东西，它就像是一条无形的丝线，把两个人拴在一起。但丝线毕竟只是丝线，即使拴在一起也并不牢靠，还需要两人一起用心来维护。太过矜持只会让好不容易捆在一起的丝线轻易断开，也许原本会发生的爱情也会随之消逝。

海棠无香

二月麦苗

1

每到海棠花开时，我会想起一个人，他说："知道为什么海棠无香吗？"他的名字叫朴印祯。

那一年我24岁，考过两次托福，成绩都很糟。郑昀在越洋电话里说："要不去北京吧。"于是我辞职了，去北京上托福班。

郑昀去美国后，美国就成了我的天堂，不是因为它多好，而是我的爱情在那里安身。

那时，中关村尚不繁华，甚至有点儿荒凉。白颐路还没建，人们走的是长长的旧式马路，两边有高大的杨树。

2

住了三天招待所后，我还没找到房子，那个凄惶，让人怜悯。第三天我继续乱窜，一家家打听。在成府胡同，当我走到槐树下那家时，刚好一个瘦瘦高高的男孩儿出来，朴实的学生头，我抓住他问："这里有房子出租吗？"

他愣了几秒后，说句"等等"，就跑了进去。10分钟后，他出来说："房东说有屋出租，350块。"我"呀"一声，笑逐颜开。他就是朴印祯，韩国人，汉语说得比我还利落。多么巧，他自己刚租到房就遇见我，我们就算是邻居了。

朴是个温柔善良的男孩儿，我们很快成了朋友。

他有个朋友叫柳石熏，是个公子哥儿，花钱大手大脚，但人很温和。同是留学生，柳石熏却在北大蔚秀园租了一套两居室的房子，他说："我不像朴印祯，他要体验中国生活。"

朴印祯的父亲有5家很大的连锁餐厅，在汉城很有名望，朴印祯想在课余时间学中国菜，完全可以住四季如春的公寓房，下馆子研究。可他解释说："最地道的炸酱面是老百姓家里做的。"

3

来京路上，我已做好了寂寞的准备，却未曾想会遇上朴印祯。

信佛的祖母，给我起了个很佛教的名字：艾杏佛。朴印祯却坚持叫我幸福，说那是快乐的名字。我的日子，在遇见他之后真的快乐了。

那时我白天听课夜里做题，常常院里的人都睡了，我的灯还亮着。9平方米的小屋，除了我和英语，就是寒气。有时朴印祯会敲门，人不进来，站在门口递给我一杯热牛奶，说："幸福，早点休息。"那个温暖，我记得。

周末，朴印祯会来找我，说："陪我逛未名湖吧，你要善待脑袋，让记忆休息一下。"我知他的心意，连小狗都喜欢的他，对我是体贴的，他怕我累着。

所以，我一星半点儿的快乐也和他分享。做题之余，我随手涂抹的文字发表了，就拿回家给他看，神态傲然地说："朴印祯，这是我的，一周的生活费解决了。"他并不会赞美人，只是一个字"好"，然后咧嘴笑。

那时，我们是快乐的。

4

1月考试。考试前夜，朴印祯送我一块巧克力，说："你男友不在，我们替他照顾你。"又给我削铅笔，把小刀、铅笔和橡皮放进透明笔袋。看到我眼湿，他歪头对柳石熏说："幸福怎么了？我一直想要个妹妹，没想到是个中国妹妹。"

考试后我继续留在北京，和美国各个大学联系。除了等待成绩单，就是收发信和挑学校，忙碌里我忘了情人节的到来。

那日，在邮局门口看见玫瑰花，我才恍然。郑昀并没打电话来，我打过去却是占线。隔一刻再打，就没人接了。其实相处几年，对节日早就没惊喜了。可这个冬天不同，我独自在异乡为爱情奋斗，多想听他说一句："下个情人节，我会抱着你过。"

寂寞兜头而下，我踟蹰地走到小屋。

我没想到朴印祯会送我花，他用很心虚的口吻说："没影响你思念恋人吧？幸福，节日快乐。"他端着一盆海棠花，腼腆地笑："天气暖和了，它就会开花。"

5

3月底，海棠开花了。那么一棵小树，居然开得密密匝匝，花瓣如指甲盖般大小，胭脂样的红。我嗅嗅，却没香味，朴印祯笑着问："知道为什么海棠无香吗？"我摇头，他说："等你长大我再告诉你。"他有时，也会像大人一样地逗我。

后来成绩下来了，620分，出人意料的好。他说："幸福，你可以飞向爱情天堂了。"我们叫上柳石熏去吃韩国菜，是人大旁边的胡同，那个饭馆可以吃到地道的韩国料理。

那一次，我们都很快乐，却没醉。

一个月后签证到手，三人再次去那里庆祝，朴印祯醉了。醉意里，他却说："幸福，你走后，给我留下海棠花吧。"

6

我没想到，到了美国却远离了天堂。

郑昀是个粗心的男人，可房间里却是窗明几净，隐隐还有薄荷的香。他不会撒谎，他说，曾经和一个台湾女孩儿住在一起，因为寂寞。

第二天，我们就分手了，我租房另住。虽然难受，可砖头一样的法律卷宗，砸得我很快忘了失恋的伤。只是偶尔，会在夜里想起朴印祯的热牛奶。

打电话过去，只找到柳石熏，说朴印祯已回汉城。柳石熏说："他喜欢你，你知不知道？那天他本来是在胡同里拍照，结果遇见你，他对你一见钟情，所以他退掉了蔚秀园的房子，去租平民屋。你们两个，都是对爱情很执着的人，可惜不是一对儿。"

忽然心惊，那是我不曾想到的。

7

几年后我回国，在厦门找到了工作，也有了一个男友。2000年我去北京出差，是雪天，公事办完后忽然想去未名湖。就在我刚踏上湖心岛时，有人叫：幸福。

只有一人这样叫过我。是朴印祯。个子还是那么高，身穿蓝白两色的休闲服，整个人沉稳许多，眉眼间去了青涩，添了儒雅。

好一会儿我们没说话，就那么看着彼此傻笑，那是他的朴氏傻笑，哗啦啦扯开我的记忆。我捶他一拳，说："你怎么来了？"他说偶尔路过，想来看看。

我们去找那个韩国料理屋，旁边的烟店老板说，早拆了，几辈子的事了。可不，几辈子了。他低声叹息："真不敢相信，我们不见面已四年。当年你那么瘦瘦小小，在小房子里读书，冬天那么冷，你竟能坚持到凌晨。"

"很感谢你送我热牛奶。有一次，我的测验分数很低，你说，幸福，牛奶长智力。"

此时，夜幕降临，他忽然盯住我的眼睛说："你知道吗？当年你是我的偶像呢，那么瘦小的女孩儿，对爱那么执着。"

"什么？"

"你对爱情多狂热啊，待在简陋的地方，白天黑夜都学英语。我知道你会成功的。"

万里追寻的爱情鸟，还不是飞了。我不知怎么讲，只好打岔："你呢，朴印祯，你开中国餐馆没？"

还说了什么，我不记得了。只记得我们去了麦当劳，他问我还待几天，我说两天。他眼神忽地亮了，说："我们去后海划船吧，明天中午我来接你。"

8

第二天，我用了一上午时间选购衣裳，似乎在等什么盛事。我想和他讲一讲，我的海外和曾经。中午12点，一个单眼皮女招待递给我一封信，是朴印祯的留言。"幸福，我还是决定不去了，对不起。我以为我可以，可我不能，我很怕再见到你。"他消失了，后来整整一年我没有联络到他。再后来，我也结婚了。

某日午后，我突然收到来自汉城的包裹，是一

个绿色锦缎的口袋，拆开来，里面挤满了胭脂红的海棠花瓣。一张淡蓝色卡片上写着："你的文字还是那么美，通过杂志社我找到你。我对编辑说，我是你失散多年的恋人。她感动了，给了我你的地址。我不给你打电话，我怕再次听到你的声音。你结婚了，我祝福你。

"我把那盆海棠抱回了汉城，有时会想起你。你问海棠为什么没有香味儿，我想，海棠暗恋去了，它怕人闻出心事，所以舍去了香。"

那是第一次，我为了一个解释而落泪。我知道，艳而无香的海棠背后，藏着两个人的青春故事。

心灵 寄语

爱情有时会悄然无息地来到你的身边，你也许都未曾发觉。爱情像花，开得如夏花般绚烂，娇艳异常，香气沁人，也如昙花般稍纵即逝。脆弱的爱情需要我们精心呵护，因为只有这样才能永久保鲜。

如果一切还能重来

水灵儿

有时我会假设，如果在那个落日余晖的黄昏，我没有拉开那个抽屉，是不是一切都不会改变？

偶然间，我看到一段文字：年轻时的草率决定也许会带来生命中沉重的痛。这句话深深地刺伤了我，使那段无言的悔恨慢慢地弥散开，让我仿佛重新回到了那塞外的春城——长春。

长春在我的记忆中，除了仅存的几座日式建筑以外，和所有城市一样，到处都是钢筋水泥，而我们的爱情就在这个城市中穿行。认识你，是在向阳屯的吉菜馆，你喜欢粗糙的吉菜。每次必点的白肉血肠、小鸡炖蘑菇是你的最爱。而你对我的感情正和粗糙的吉菜相反，细心呵护，无微照顾，我离开你到今天，依旧能感受到那时的温存。

爱上你，是在净月潭。那里山明水秀，气候宜人，空气清新，你说这里一年四季的景致都会不同。那年炎炎夏日，我们置身其间，浓荫蔽日，真有说不出的清凉。你说你会带我走过这里的每一季，春季我们在这里踏青，夏季在这里避暑，然后一同走过红叶飘飘的秋季，可在白雪皑皑的冬季到来时，我们却分开

了。我还没来得及感受净月潭大雪纷飞的浪漫，就任性地离开了你，也从此离开了我的幸福。

还记得，那天为你准备好晚饭后，想放上一首你喜欢的音乐，却无意中在你的抽屉里看到你的护照。因为好奇，我打开护照，却在你英俊的照片旁，看到了赫然的两个字——离异！我惊呆了，做梦也没想到自己深爱的你竟是一个离过婚的男人！而你竟然从未和我说起过。

混乱的头脑中闪过我们相识、相恋的片断，可再美好的记忆也不能平息我胸中的怒气。我的心里只有一句话——你欺骗了我！连如此重要的生活经历也为自己隐瞒着。

我无法让自己平静下来，除了伤心之外，就是愤怒。我不知道为什么你不肯坦白你的过去。而我义无反顾地离开家，离开最亲的人，来到这座陌生的城市，只是为了能和你厮守一生。

我如此坚定地爱着你，才会走过那么多曲折和困难，冲破层层阻力来到你身边。可我不知道现在竟会面临这样一种状况。难道所有美好的展望只是一个谎言？我又怎么能够容忍？

环视着你的家，你在这里迎接我，我在这里憧憬着我们未来的生活。如此细心地呵护这房间中的一花一草，却从没有想过这里原来也有过女主人忙碌的身影：为你准备饭菜，为你端茶送水，为你洗衣拖地……而我以前对这一切却都一无所知。我不明白，难道这就是你给我的幸福，这就是你给我的承诺？

我的心冷冷的，脑子几乎麻木了，就这样傻坐着到你下班回来。那是我们最糟糕的一次晚餐。虽然你没话找话，称赞我做菜的手艺大有进步，但我却吃得索然无味。我把头埋得低低的，看都不肯看你一眼。

吃过饭，你关切地对神不守舍的我说，不舒服就早点儿睡吧。我躺在床上辗转反侧，彻夜难眠。你房间里的灯也一直亮到凌晨，我不知道你为什么那么迟才熄灯，我就那样望着你房里的灯光默默流泪。

天亮时，我终于决定离开这里，远远地逃离你。

提着沉沉的行李箱，带着还在哭泣的心，我回到家中，只简单地说了一句我们分手了，就开始重新找工作。我要让自己没有时间回忆痛心的往事，我不能让家人看到一个被失恋打击得垂头丧气的我。父母的宽容让我受伤的心感到了莫大的安慰。

从我离开的那天开始，你就不断地往我们家打电话，因为我的嘱咐，根本没有人接听你的电话。而你寄来的特快专递，我也签上了"查无此人"退还给你。我固执而任性地拒绝你的一切。我以为，这样我就会很快地忘记你，很快会有自己的新生活。然而，我错了，我仍常常想你。在夜深人静的黑暗之中，想着你和以往的一切。就这样，在时间的冲刷中，我开始淡忘对你的愤怒，开始牵挂你的生活；我甚至开始想，也许你是怕我离开，所以对我隐瞒了你的以前；我甚至开始后悔我的不辞而别……

回到家五个月后，我开始期待你的电话、你的声音，却在一个春暖花开的夜晚，等到了你离开的消息。你的公司因为经营不善倒闭了，而你不堪再忍受事业和爱情都抛弃你的生活，在那个早上，你选择了离开，离开这里，离开所有的人。来电话的是你的朋友，他告诉我是从你留下的东西中找到了我的电话，我面无表情地听着，泪如雨下。

第二天，我搭上最早的车回到了长春，已经春暖花开了。我原以为春天到了，什么都会解决。我任性地以为你会找我，而自己只需要骄傲地等你回来，可等到的却是永远地失去你，失去我们的幸福。

在整理你的东西时，看到你留给我厚厚的一封信，写信的日期，是我离开你的那一夜。看着你的信，我心如刀绞。

……我是如此害怕我的过去会伤害到你。我也是那么的自卑，在纯洁的你面前，我始终无法坦然告诉你，我已经有过一段不堪的婚姻。她在和我结婚一年后离开了我，和我最好的朋友一起

背叛了我……我曾经那么痛恨婚姻、痛恨生活，直到遇见了你。你善良、纯真，每次看到你，我都在担心，你是否会因为我不够优秀而离开我。我极力隐瞒着以往的一切，不是想骗你，只是因为我真的害怕在你面前面对不堪的往事。我尽心努力地做着一切，只是想为你在这个城市筑起一个爱的宫阙。

可我没想到，我自私的隐瞒还是那么深地伤害了你。我看到你哭红的眼睛，却不敢把你拥入怀中，我多想亲亲你的额头，可连我自己都痛恨自己……你能原谅我吗？原谅我带给你的伤害吗？我会在下半生好好呵护你，爱你，直到天荒地老……

我看着手中的信，这是那次我看也没看就退回的特快专递，现在竟成了你最终的遗言……冰冷的泪水一串串地往下掉，我一句话也说不出来。如果一切还能回头，我绝不会任性地放走爱情，放走你，放走我们的幸福。

如果，我没有拉开抽屉……

如果，我不是那么自私而任性地只想到自己……

现在的你，是否还会带着我穿行在向阳屯？是否还会和我一起在净月潭等待大雪来到的日子？

你的朋友对我说，每个人都可能结婚，但并不是每个人都能拥有爱情。

如果不是我的任性，如果不是我连一次解释的机会都不给你，也许我们的故事就不会是这样的结局。

心灵 寄语

人的一生中会遇到许多意外，每个人都应该冷静地应对，而一时冲动就可能带来终生的痛苦。爱情的前提就是双方的坦诚相待，否则当你失去爱情的时候，一切的"如果"都已经晚了。

飘向天堂的琴声

　　生活中，在情爱和物欲的天平上，我们似乎更倾向于物欲的满足，并因此制造着各种各样的烦恼和争端，演绎着各种各样的悲情故事、离散故事。然而，当我们一路坎坷地走来，读懂了情为何物时，往往是情已老、人已逝，空留下一腔伤感和满心伤痛！

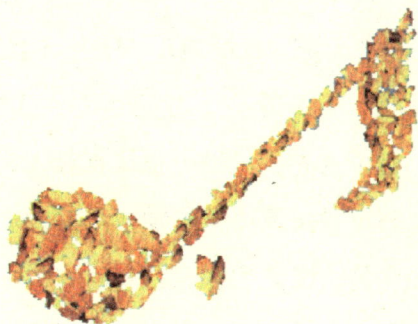

飘向天堂的琴声

佚 名

　　去年暑假，我应邀去一所老年大学代授琴课。一个星期后，一位瘦削、白皙、长着两道剑眉的70岁左右的长者要插班学二胡。那天，他斜挎着一架琴盒站在教室门口，看上去有几分疲惫，眼睛还有些微红，但他执意说想学琴，能跟上。我把他安排在临窗的一个空位上。那个空位曾是一位60多岁女学员的座位，一个月前她因为肝癌晚期去世了。她的头发雪白，还卷卷的，像电影演员秦怡。

　　她学了两年二胡，拉得已经很专业了。据说她喜欢二胡已经到了一天不拉心里不安、一晚不拉无法安枕的地步，老伴儿戏称她是"琴痴"。

　　说来也奇怪，自从这位"插班生"来了以后，我常常能在他身上看到"琴痴"的影子，这位老先生拉得也很认真投入，从执琴到运弓、扶琴，不懂就问。除此之外，他还要我每周给他多加一小时的"小课"。"我交补课费。"他一再央求。在这儿学琴的老人大多很执着，有的像个孩子。就这样，每周两次四个小时的大课后，别的学员放学回家，他留下来继续学。半年后他已经能很熟练地拉《雪绒花》了，而且我发现每次他都要在我离开教室后很认真、很投入地从头至尾拉一遍《雪绒花》。他拉得节奏流畅、音色优美，但不知为什么，节奏总是比平时处理得慢半拍，绵长而低沉，像是一个人在对另一个人倾诉。

有一次，我从办公室出来想回家时，教室里又响起《雪绒花》缓缓的琴声。我翘首从门上的玻璃往里看，发现老先生端坐，面朝外，忽高忽低、忽远忽近的琴声从他的弦上汩汩地流出，飘向窗外，而窗外已是黄昏渐浓，几片云悄悄地隐去，似乎怕挡住琴声飘向更远的天际。忽然，琴声戛然止住了，我看见老先生抱住琴杆，双肩抖动，继而，我听到嘤嘤的啜泣声。我推门进去，低声询问他时，他突然抱住我，一声长哭，他哭得像个孩子似的对我说："我太想老伴儿了！我天天练琴拉琴，就是想让她听见，让她高兴，让她知道我想她……"

后来我知道，他的老伴儿就是那位头发雪白有卷的"琴痴"。

生活中，在情爱和物欲的天平上，我们似乎更倾向于物欲的满足，并因此制造着各种各样的烦恼和争端，演绎着各种各样的悲情故事、离散故事。然而，当我们一路坎坷地走来，读懂了情为何物时，往往是情已老、人已逝，空留下一腔伤感和满心伤痛！

人最容易漠视的，往往是最值得珍视的……

心灵 寄语

读了这篇文章之后，我才真正明白了白头偕老的意义。能和自己爱的人相伴走过一生，那该是多么幸福的事。为了明天的相守，珍惜今天的每一分每一秒吧！不要等到情已老、人已逝，才空留悲戚。

空瓶子空爱情

佚 名

　　那是她的初恋，寒酸而富有。寒酸的是他们一无所有，两个穷学生只能在开满了樱花的路上整夜地走，情人节也只能在下午买那种打折的玫瑰送给她，但她很快乐，因为爱情是富有的，装在心中，满满的，像一瓶水一样。

　　他挣到第一笔钱的时候，给她买了一瓶香水，因为同宿舍的女孩子，只有她没有香水，为了让她也暗香浮动，他用整整一个月的家教工资给她买了一瓶香水。

　　她感动得落下泪来，却舍不得用，难得他有这份心，况且就只为那好看的玫瑰花造型的瓶子，她也舍不得。但后来他们却分开了。爱情总是这样吧，以为生生死死，以为分开一分钟都会想念，但冷了的时候就是那肉菜上漂着的油，怎么看都是腻，因为情没了，感情再深也是陌路。

　　那瓶香水，一直留着，是个爱的纪念吧，她想，多年以后再看，一定别有一番滋味。

　　多年后，她已为人妻为人母，早已经忘记了自己曾有一瓶这样的香水。老公常常会买正宗的法国香水给她，只有用香水时才会偶尔想起他，但只是一闪念，像微风吹过，瞬间没了踪影。以后想起的时候越来越少，到最后，他的影子淡在了老公和孩子之后，甚至想不起他年轻时的面容了。

一次整理旧物时，她看到了那瓶香水，看到瓶子的那一刻她呆住了，因为只剩了一个空瓶子，里面什么都没有了，所有的香水全部香消玉陨了，它们在10年后飞散了，没有留下任何痕迹。

她一直没有舍得去用的那些香水一滴没有剩，全部挥发了。看着那个空瓶子她眼睛酸酸的，这多像她的初恋啊，徒有虚名，以为爱得轰轰烈烈，以为会找到爱情的归宿，最后却是无功而返，当时只顾着去爱了，却根本不知道怎样去爱，就像这瓶香水，只落得了一个瓶子，空瓶子，装满的是空虚和记忆，甚至，她早就忘记了香水到底是什么味道，因为再刻骨铭心的记忆也经不起时间的打磨。

终于有一天遇到了他，在一个人声鼎沸的大商场里，他领着一个小女孩儿，旁边是他太太在挑衣服。她看了他好久，终于擦肩而过，因为她知道，他和她的爱情只有这么浅，浅到只能剩下一个空瓶子，甚至，连最初的味道都不曾记得。

心灵 寄语

爱情的表达有很多种方式，有的人选择在权力地位上扬名立万，有的人会选择在金钱上得到满足。其实爱情就像一个香水瓶，经不住时间的消磨。当瓶中的香水挥发殆尽的时候，你的爱情也就走到了尽头。

夹层里的钱

张秀阳

这是一个朋友的真实故事。

朋友是位才女，经常写一些青春美文和感悟人生的哲理散文。经常有编辑向她约稿。朋友又是个极热心肠的女子，有求必应。即使手头没有稿子，也禁不住人家的央求，陪着吃，陪着玩后，就伏在桌上，赶写那些锦绣文章。朋友的文名越来越盛。后来，就出了集子，经常去外地参加一些创作笔会。

在家庭事务中，朋友却是个低能的女子。她不会做色香味俱全的饭菜，不能辅导孩子的功课，这让老公又爱又气。

有一回，她接到一家杂志的邀请，去参加笔会。临走前的夜晚，又是老公亲自给她收拾行装，再三地交代它们各自的位置，别混淆了。考虑到穷家富路，老公尽量让她多带些钱。"花钱时多动动脑筋，该花的花，不该花的别乱花。"老公谈话时，眼里满是爱恋。

旅途是愉快的。东方之珠的璀璨灯火，葡京大酒店的奇特造型，曼谷的异国风情，芭提雅的丽日蓝天，当然，还有文朋诗友的高谈阔论、把酒论文。因为是随旅游团队而行，导游安排的项目中购物是少不了的内容。每人都在购物，或多或少。这时，朋友不善算计，随意而为的做派暴露无遗。记得在泰国的后几天，再去商场或有什么需要自费项目活动时，朋友说得最多的一句话是"没猪（铢）啦"。

好在返程机票已经买好，再也不需要大的开支，朋友也就没有了后顾之忧。

到了广州，那晚的分别晚宴热烈而又略带伤感。饭后，朋友在房间里给几千里外的老公打电话。一开始，朋友还兴致盎然叽叽呱呱地说着旅途见闻，后来不知道她的老公说了句什么，朋友的声音突然低了下去，再后来，她大大的眼睛饱含了一泓泫然欲滴的泪。

她无言地放下电话，久久地沉默着。

后来，朋友告诉我，老公打电话时对她说："知道你的钱肯定要花光，恐怕下飞机后连打的的钱也没了，我就在皮箱的夹层里，给你装了200块钱。"

听了朋友的话，我也久久地沉默着。这就是爱情，不愠不火，但又知冷知热，而且爱上一个人，就爱她的一切，包括在别人看来是缺点的东西。后来，我看秘鲁作家巴尔加斯·略萨的小说《情爱笔记》时，看到了里面的一段话："因为爱情，会知道并掌握一切与爱情有关的事情，会把她爱人最平庸的东西神圣化。"

心灵 寄语

恋爱的时候你会追求浪漫，但是，在现实生活中你会感到平静的生活、彼此的牵挂更为重要。婚后的生活就有了家的感觉，因为那时候的爱情已经转化为了亲情。

你在天堂快乐吗

赵德斌

尽管小曼离开我已经六年了，但是每年清明时节，我都会回到上海，去墓地陪陪她……

上海是我爱的城市，有一种由来已久的精致的气氛。街道两旁粗壮的法国梧桐，在初春遮住阳光，从梧桐叶间的缝隙里散落下来的点点光斑，正好落在路边锚链一样的栅栏上。小曼最喜欢梧桐树，我们总是在这样的梧桐树下散步，闻着从各个街角散发出的咖啡香。

我太熟悉这里的环境了，这是属于我和小曼的。

那是在8年前。我、小曼和我的死党胡刚同在上海上学。胡刚是我大学时代最好的朋友，我们不仅一个宿舍，而且上下铺，彼此之间的感情非常好，好到根本没有任何秘密。我们一起吃饭、一起踢球、一起看电影，甚至一起追女朋友！就这样我们无忧无虑地度过了大学的前两年。

大三刚开学，一个偶然的联谊郊游，让我们同时认识了艺术系的小曼。那天的小曼一身橘黄色运动装，高高扎起的马尾上缀着两颗小小的雏菊，一双很大很大的眼睛像一潭看不见底的池水，带着俏皮来回地转个不停，还有一张小巧的嘴，两个迷人的小酒窝。最重要的是小曼的活泼感染了那天的每一位郊游者，我想当时几个男生都被小曼迷住了。

我不知道那次郊游最后是怎样结束的。只知道回到学校后，我和胡刚都闷不作声。那天晚上，我们都整夜未眠。以后，表面上我和胡刚还是最好的朋友，广播站里最好的播音员，赛场上最好的球手，女生眼中最帅的男生。但我能闻到我们之间的火药味儿，我们都开始对小曼展开了攻势。

大三结束时，小曼成了我的女朋友。虽然这并没有影响我和胡刚的感情，但我仍然觉得胡刚是很爱小曼的。每当想到这儿，我的心里就会涌起一阵愧疚。我常跟小曼开玩笑，说她差点儿害得我们好朋友都反目成仇。

小曼是那种善解人意的女孩儿，很可爱，有时候还会带着几分孩子气，调皮、活泼。这一切都只能让我更爱她，更珍惜她，更宠她。

转眼大学毕业了，我被分配到一家德国公司做销售工作。工作不算理想，但我还是跟小曼在上海的老街区里租了带着一间斜窗的阁楼，这是小曼最喜欢的旧上海特色。胡刚则自己开了一家咖啡吧，其实我知道他没有忘记小曼。因为小曼的愿望就是能有一家属于自己的咖啡吧，亲手烧制醇香的咖啡让客人品尝。胡刚的咖啡吧坐落在南京路路口，在那里可以看见外滩和远处的东方明珠塔，而且取名叫"幔"，据说生意非常好。

第二年情人节，我和小曼结婚了，她成了我幸福的小妻子。

结婚那天晚上，我对小曼说："你后不后悔嫁给我？你看，我什么都没有，不能给你想要的东西，而胡刚已经开起了你喜欢的咖啡吧，快成大款了……"没等我说完，小曼轻轻捂住了我的嘴，告诉我说："傻瓜，就算以后和你一起去乞讨，我也愿意，只要能和你在一起我永远都不会后悔！"

我当时紧紧地把她拥入怀里，轻轻地在她耳边说："小曼，我愿意用我的生命来照顾你一生一世！"小曼缩在我的怀里孩子气地笑了……

婚后的一切都是那么甜蜜。每天早晨四点多，弄堂就已传出倒马桶的声音和小贩的吆喝声。在这时我就拥着小曼，听着充满上海方言的吆喝，看着窗外淅淅沥沥的雨。这些似乎只在电影里才能听见、看见的一切，就呈现在我和小曼的生活中，充实着我们的小幸福。我喜欢叫小曼乖乖，或是小笨笨，因为她有时很傻，傻得可爱！

婚后，我不愿让小曼每天忙忙碌碌地上班，我想自己多忙点儿也足以让我们生活得很不错了。小曼就听话地每天乖乖待在家里，做饭，打扫屋子，看书，布置房间。每天回到家中，闻到可口的饭香和雏菊的香交织在一起，我都有种说不出的幸福和放松。每天我都会和小曼去外滩散步，夜里的外滩格外迷人。小曼喜欢欣赏外滩西面风格各异的大楼，她说每次观看都会有不同的感觉。小曼也经常沿着外滩狂奔着去找卖臭干子的，吹着海风，看着夜景，她说这是最幸福的生活。

这就是我的娇妻，这就是让我疯狂的婚姻生活。我是那么迷恋小曼，迷恋我们的日子。这种幸福一直持续到第二年八月。

那年八月，天格外的热。我被派到外地参加一个展示活动，一去就是两个月。展示活动非常忙碌和紧凑。我几乎很少和小曼联系。活动一结束，我就迫不及待地飞回家，想马上见到我的小曼，可一进家门，我迎面感到的却是一种冷清。我迟疑了一会儿，走上阁楼，小曼正坐在那里看着窗外，我走过去，她竟然没反应。

"小曼！"我叫她。

猛地她转过头来，我这才发现她满脸泪痕，人也瘦了一圈。我紧紧地把她抱住。

"怎么了？"我急切地问。

"没什么，我就是太想你了。"她哽咽着。

我心里猛地一抽，更用力地拥紧她。"对不起，对不起。我以后再出去一定会天天给你打电话，好吗？"她这才笑了。

可从这以后，我却明显感到我们之间有了距离，我的心乱极了，不知道自己

到底哪儿做得不好。小曼总是喜欢自己待在阁楼上，对着外面的天空发呆，有时候一坐就是一个下午。常常我都下班回家了，她还在发呆。我常常心痛得把她拥住，可她只是泪流满面，什么也不说。

那天下午天气非常好，而我也因出色地完成销售任务，成为华东区销售主管。我兴奋极了，一下班就冲向南京路一家店铺，那里有小曼看中的一条手链。走到店口时，不经意地一抬头，笑容冻结在我的脸上。我看到了小曼，她穿着一件粉白色的长裙，笑容灿烂地站在不远处，而她手里挽着的竟然是我最好的朋友胡刚！

轰的一声，我两眼冒着金星，明媚的阳光突然让我觉得特别刺眼。我感觉到自己像被挖空一样，愣在那里好久，才机械地走到我的好朋友和我最爱的妻子面前。小曼在毫无准备的情况下看到了我，脸色惨白地站在那里，一瞬间泪水就流了下来。透过她无辜和求恕的目光，我咬了咬嘴唇，无力地对她说："回家吧。"她颤抖地点了点头，顺从地跟我回到了家里。

到了家里，我跌坐在沙发上，开始抽烟。小曼看着我点烟的双手不停地抖，泪水止不住地流了下来，她趴在我的肩膀上不住地道歉："对不起，对不起，对不起……"我的心已经掉到谷底，我抱着小曼："你的承诺呢？你要跟我一辈子，就算是一起去乞讨都不会离开我的承诺呢？"

她崩溃了，坐在地上，"真的对不起，阿辉，你原谅我吧。"

"他对你好吗？"我问。

她点点头。

"和他在一起你快不快乐？"

她又点了点头。

两行苦涩的泪水从我脸上流下。"够了，别说了！"我把头习惯性地埋在她的长发里。"只要你快乐就够了，我们离婚吧。"她抬起头来泪眼模糊地看着我。

那天我坐在客厅里抽了一夜的烟……

一个月以后，我们离婚了。在法院门口，我看到了胡刚，我走过去对他说：

"如果她不快乐或是不幸福的话，我不会放过你的！"然后，我头也不回地走了。

回到了家里，看着屋里的一切，小曼带走了所有东西，只留下已经橘黄的雏菊和一屋子的寂寞，还有一屋子她的味道……

小曼离开我之后，我还是每晚去我们经常散步的外滩边，吹海风，想象小曼依旧在我旁边，她的长发常被风吹到我的脸上，轻轻搔着我的脸颊……然后到对面的一家酒吧喝酒。酒吧歌手还在唱着："十年前，我不认识你，你不属于我……"

伤心了很久之后，我退掉了弄堂里的房子，决定离开上海。我以为离开到处都是小曼影子的城市，我就会忘记她。可是，我错了，每次在忙碌过后，我的脑子里都是小曼的影子，多少个夜里，我都没办法让自己平静地入睡。我的小曼，你快乐吗？

无法抑制的冲动让我想再看看小曼。哪怕在一个街角，哪怕在南京路、在淮海路、在外滩……也许我们会偶然相遇！于是，我带着这份期待又回到了上海。刚下飞机，迎面而来的还是那熟悉的味道，空气里都充满着小曼的气息，我的眼睛就这样湿润着。

当天晚上，我来到了外滩，在夜色阑珊的江边走着，这令人迷恋的灯火，似乎能照彻心底的角落。旁边就是和平饭店，我花了70块钱去听爵士乐。非常怀旧的音乐，周围多数是衣饰讲究的老人。我一个人，一杯酒，单簧管在淡黄色的烛火里呜咽。我给自己找了无数的理由，还是决定第二天去看我的小曼。

清晨一早，我来到胡刚家里，胡刚看到我，愣了一下，让我进了屋。我们寒暄了一会儿之后，我故作轻松地问："小曼不在？"他低着头，过了好一会儿，才慢慢地说："她去世了……"我愣了，说："你说什么？"他看着我，苦笑着说："真的，你走的第二个月她就去世了。"我一下懵了，半天都搞不清楚胡刚到底在说什么。

好久，我终于问："她怎么死的？""癌症……"看着胡刚支支吾吾地说，我后背开始发凉，喃喃地说："不可能……"我让他带我去看小曼的坟墓。

小曼被葬在归园墓地——这是上海唯一一处允许棺木下葬的公墓，墓地两侧种了两棵小曼喜欢的梧桐树。树还很小，但小小的梧桐叶已经铺满了小曼的墓地。我看着眼前的这一切，心底的悲伤慢慢升腾，我疯了一样扑过去，抓住胡刚猛打几拳，向他怒吼着："你说过你会好好照顾她的，你说你会让她快乐，给她幸福的……"胡刚嘴里流出了血，可我还没停手。胡刚也火了，他一把推开我："我是说过要给她幸福，让她快乐，可你知不知道她的幸福一直掌握在你的手里？"我不解地看着他。他喘着气："你知不知道她得了血癌，要治好必须换骨髓？你知不知道她这一生唯一爱着的就是你？如果当初她不离开你，以你的实力你根本不可能治好她，而且你也会被她拖死的！哈，她真傻，为了不连累你，她甚至可以让你误会她。你又知不知道她直到临死的时候都在念着你的名字？"胡刚痛苦地蹲在地上，我睁大了眼睛看着这一切。天阴阴的……

那天晚上，我和胡刚来到外滩边的一家酒吧，酒吧里还唱着歌："你知不知道思念一个人的滋味，就像喝了一杯冰冷的水，然后用很长很长的时间，一滴一滴串成热泪，你知不知道寂寞的滋味，寂寞是因为思念谁……"那晚，我们喝了很多酒，都醉了，都哭了。我们想起了很多事，我们的大学，我们的生活，我的小曼……

第二天一早，我又去了小曼的坟墓。带着小曼喜欢的雏菊，给小曼讲着我的工作、我的生活，告诉我的乖乖小曼，她永远是我的唯一……

小曼，告诉我，你在天堂快乐吗？

心灵 寄语

人生如戏，戏如人生，原本幸福的人就这样分开了，假如小曼没有离开她的爱人，假如他能提早得知小曼的病情，那么结局会是怎样呢？当两个人决定在一起了，就应该同时面对所遇到的一切艰难困苦，而不要让人生留下遗憾。

让大海见证爱情

一米阳光

去年夏天，我突发奇想，要去看看向往已久的大海，于是就去了北戴河。

那是我第一次到海边，同时也是一次孤独的出游，所以不会有百看不厌的通宵脱口秀，不会有无聊却能有效地打发时间的牌局，也不会有轰轰烈烈的聚众下馆子。我想，也许大海会是我孤独心情最好的理解者吧。

火车渐渐远离了北京，我一个人可怜兮兮地坐在位子上，望着周围三五成群的人们玩着一些无聊游戏，只有绝望地企慕。但是不久，我就发现从观察别人中可以得到更多的乐趣。我的对面坐着一位大男孩儿，穿着一件白色的T恤，一双眼睛很清澈，让人觉得好像能一直看到你的内心深处。后来，我知道他的名字叫扬。

一路上，扬一直在不停地吃东西，什么话梅、牛肉干、葡萄、荔枝……一大堆。扬的手指很长，不停地夹着各种食物送入口中。看着那张一开一合的嘴，我不禁联想起小时候的夏天，我总爱蹲在墙角边找蚂蚁洞，看见一个小小的洞，便执着地往里灌水，但总也灌不满。我沉浸在这种快乐的联想中，脸上不禁露出笑容。想必觉察出有点儿古怪，扬竟停了下来，用那双很清澈的眼睛看着我，我的脸红了。扬笑了，那笑容让我想起了车窗外的夏日阳光。后来，扬告诉我，他就是在那一刻爱上了我——一个喜欢偷偷地观察人，然后又偷偷发笑的女孩儿。

尴尬中，我听见他问我："我吃东西的样子很好笑吗？"我拼命摇头，却一时想不起该说什么。扬便不再说话，也不再吃东西，眼光转向了窗外。我叹了一口气——观察人的乐趣就这样被搅了，唯一的消遣就这样结束了，我再次被抛入百无聊赖之中，我只好也转过头去望着车窗外飞闪而过的绿色的田野。

火车到了北戴河已经是下午两点，我拎起行囊径直下了车。按照临行前朋友的提示，我成功地找到了一辆正要开往海滨的中巴。我刚舒舒服服地在位置上坐定，猛地看见从车门处上来一个人，有点儿熟悉，原来是火车上坐在我对面的那个男孩儿——扬。他笑嘻嘻地向我走过来，说："你走得好快，刚下火车就不见影儿了。"然后很自然地在我身边坐下，留我一个人在那儿兀自发愣。车开出没多久，中巴的售票员就开始极力鼓动游客们去他家的私人旅馆住。因为走得仓促，我没有预订房间，据说这时候的北戴河，所有的旅馆几乎都是爆满，而且都贵得没有道理。因此，当那位售票员走到我身边开始新一轮的游说时，我毫不犹豫地点了点头。旁边的扬立刻说："我也住！"我好奇地问："你也没预订房间吗？""是呀，昨天晚上，我梦见了大海，醒来后突然想去看看真正的大海。于是，今天就上了火车。"他又是一脸灿烂的笑容，一个多么直率的男孩儿！我的心中竟对他生出了一种单纯的信赖。就这样，我们一起住进了那家私人旅馆，我俩的房间正好相邻。后来，我问扬："如果当时我不住那家旅馆呢？"扬笑："那么你住哪儿我就住哪儿。"

"你当时就爱我那么深了吗？""我不知道，我只知道当我下火车一不留神就找不着你的时候，我的心好像空荡荡的。当我惊喜地发现了你正在登上中巴的身影时，我就暗暗发了誓：从今以后我一定不会再把你弄丢。"

刚把简单的行李扔进旅馆的房间，我便迫不及待地想去看海。扬的想法和我一样。长久生活在北京的人通常都是喜欢水的。北京是一座缺水的城市，一个曾经沧海的平原。于是，恣肆的汪洋便成为这座城市内心深处的热烈向往。

我们所住的旅馆离海滩很近，步行的话也就十来分钟。路上要经过一条热闹的街，街两边有很多经营海鲜的大排档。还有租售游泳衣、救生圈等游泳物什的

小门脸儿，生意异常火爆。我和扬沿街慢慢走着，有时会客客气气地说上几句话，但更多的时候是被街边的热闹景象弄得目不暇接。穿过一条小马路，我们终于踏上了柔软的沙滩。我兴奋地奔过去，任凭双脚陷入细细的黄沙中。于是，那个夏天，在渤海之滨，我和扬第一次见到了真正的大海。只是我们那时都没有想到，那片海，会成为我们俩爱情最为鲜活和永恒的见证。

当时，晴空万里，湿湿的海风迎面扑来，裹挟着海的气息。一波又一波的海浪不停地涌向岸边的礁石，盛开出无数朵雪白的浪花，起伏的水面一如我们雀跃的心情。近海是一片密密麻麻的人群，穿着各色各样的游泳衣，远处的海面上有星星点点的渔船。海天相接处，一线千里。看着前面这片一望无际的海水，暗自揣测着那宽广犹甚于大海和天空的人的心灵，该是怎样博大的胸怀，我的自然是远远不够的。

扬爬上岸边的一块大礁石，吟诵起东汉末年曹操北征乌桓途中在此留下的那首脍炙人口的诗篇："东临碣石，以观沧海……秋风萧瑟，洪波涌起。日月之行，若出其中。星汉灿烂，若出其里……"我不由闭目遐思，那种潮起潮落、雪浪翻腾的图景是何等的壮观。海是不平静的，然而却有一种特别的美，那种瑰丽而壮阔的蓝色有着一种特别的魅力，让人不由自主地被深深吸引——有点儿像扬。想到这儿，我偷偷地望向他，却不期然地与那对清澈的瞳仁相遇，我的心没来由地狂跳起来。我赶紧装作漫不经心的样子将脸转开。

那天晚上，我在日记里写下了这样的话："这里有钢筋水泥森林里看不见的辽阔、听不到的涛声、呼吸不到的干净而湿润的空气，同时也有繁华都市里惯见的喧嚣。看似完全的异质，却在这里结合得如此天衣无缝。北戴河真是一个奇妙的地方，还有扬。"

俗话说，靠山吃山，靠海吃海。身在北戴河当然是吃海鲜。我们在海边消磨了一两个小时，眼看天色将晚，便直奔离海滨浴场不远的大排档，那里有很多经营海鲜的饭馆。我俩拣了个比较干净的地方坐下来。旁边摆满了盛海鲜的大盆小盆，海鲜品种繁多，螃蟹、海贝、海蚌、皮皮虾、海虹等海产品正在每一个食客的手指间捏来捧去。问了问价格，螃蟹居然28元一斤，海虹20元一斤，价格不菲。由于迫不及待想尝鲜，我们顾不得再选择其他饭馆，跟老板简单地讨价还价后，便要了一大堆海鲜，暴撮了一顿。买单时，扬掏出了自己的钱包，我则坚持要AA制。正在相持不下时，我忽然抬眼看见了站在一旁的老板脸上暧昧的笑容，我不由得脸一红。

出了饭馆，我们向繁华的海滨浴场的反方向闲逛。那里同样是灯火通明，店堂林立。我随口问了问那里的海鲜价格，螃蟹才20元一斤，海虹也仅15元一斤，而且个头似乎还要比刚才吃的要大。一位卖海鲜的大姐说得好："咋去那儿吃呢？那里贵死了，知道那边繁华，都哄抬物价。要吃，到俺们这里吃吧，俺给你便宜。"

没想到，第二天，我们在海滨浴场旁边遇到了一个卖海鲜的"坐地贩子"，他的海鲜更便宜。小桶里盛着大个儿的母螃蟹。砍价之后，才15元一斤。买了五个螃蟹，七斤。本来说好管加工，可旁边加工的摊主却向我们要加工费，最后，我们还是交了钱才吃上了熟螃蟹。加工的摊主还气不过，说他跟那个卖海鲜的也不认识，凭什么免费蒸螃蟹呀。他还想揭卖海鲜的老底，跟我们说这些螃蟹顶多也就五斤。其他的分量，都是秤砣和袋里的水搞的鬼。他还善意地告诫我们，当卖海鲜的人自己准备了黑色塑料袋的时候，一定要小心。里面一定已经准备了至少一斤的水想要卖给你，就算他当着你的面将里面的水倒了也没用，因为卖海鲜的人往往会准备两个袋子，倒了其中的一个，还有一个装了不少水的塑料袋在里面等着你……我们听了都大笑，看来，北戴河海鲜虽多，但是要想吃得新鲜、吃得便宜，这里面还真大有学问呢。

扬笑了笑，对我说："毕竟是多年的旅游胜地啊，这儿的人经济意识都浓厚。"我告诉他，据以前来过的朋友说，北戴河的商人只要能赚你一百元的绝不会心软说只要90元。最邪乎的是有很多海上的产品，开价150元，游客砍到110元就买了，可那东西只价值不到五元钱。所以有经验的游客不管他卖的是什么，哪怕要价200元，也一律按照15元以内的价钱还价。最多不超过十五元——可怕的是最终还真的可以用这个价钱买走！

那天晚上，和扬闲逛一圈后回到旅馆。约好第二天一早一起去鸽子窝看日出，我正要关上房门时，扬探头进来说："晚上睡觉记得盖好被子，这儿可比北京凉多了。"我的心里感到一阵暖意，我便带着这样的暖意写完了当天的日记。

关了灯，躺在床上，听着远处海浪拍打岸堤的声音，耳边还有海风一阵阵撩过屋檐的钟声——在这个海边小村庄的一间小屋内，我再一次感到自己离海真的是这么近。脑中浮上一个很浪漫的句子——枕着涛声入眠。怎样的意境！想着扬就在隔壁，我和他之间只隔着一层薄薄的墙，心里便觉得踏实和亲切，他在想些什么呢？会想到我吗？他给我的感觉竟然像已经熟识多年的老朋友。不可能啊，我们今天才刚刚认识。哎呀，我是不是有点儿喜欢他了？满脑子乱七八糟的想法，不知何时才沉沉地睡去。夜里，偶尔被海风唤醒，恍惚间不知身在何处，但很快又迷迷糊糊地睡着了。

凌晨4点，闹钟响了。我爬起来，加了件外套走出门来，扬竟然已经站在院子中。老板娘正在絮絮地给他讲着去鸽子窝的路线，看见我出来，又转过来问我昨晚睡得可好。真是一个和善的人。我和扬拿了相机便走出门来。宽阔的沿海大道上只有我们两个人，海风呜呜地吹，没有路灯。除了天上浓密的繁星和远处一闪一闪的交通灯，一切都是黑的。尽管老板娘说过本地治安很好，但我还是下意识地往扬身边靠了靠。要是我一个人，这会儿还真不敢出来。那一刻，我真庆幸半路"捡"了这样一个游伴。

快到鸽子窝时，人渐渐多了，都是来看日出的人。我们买了门票进去，占据到一个极不错的位置，耐心地等待朝阳从海中"出浴"。鸽子窝，与著名的位于北戴河的东山一隅的鹰角亭相距数十米，在亭的右前方，一块巨大礁石突起海中，延伸到近岸边缘，色泽微黄，姿态雄劲，景色壮丽。因这海中礁石年久风化，石缝很多，栖息着不少鸽子，朝出夕归，热闹异常，"鸽子窝"之名便由此而来。涨潮时，鸽子窝的石脚经受着雪浪捶击，发出轰鸣巨响，浪花四溅。这比号称"壮观天下无"的钱塘江潮，又有几分逊色呢？

等了一会儿，天色开始渐渐发白。海水看上去仿佛墨一般，海风很大。海浪欢快地一阵阵向沙滩上涌。海和天交接处的颜色给这凌晨的风景增添了几许轻灵：东北方向是伸入海中的秦皇半岛，凌晨的灯火好像天上的星星缀在岛上；东南方向是纯净的一小条蓝，柔和的调子，仿佛含入口中即刻会融化似的。

不知是被风景震撼了，还是被海风吹得有点儿冷，我和扬都痴痴地站着，不说话。周围的人们也都静静的。于是，空中的海鸟便给我留下了很深的印象。它们时而顺着风滑翔，时而逆着风冲浪，刹那间在空中有个停滞。锐利的鸣叫声穿过厚厚的海风，传入人们的耳膜。瞬息间，我有些疑惑自己是否真的身处如此奇妙的境地。

直到5点钟左右，天空的暗色才全部褪去，沙滩上也热闹起来。有很多渔船归来，号角伴着潮水的声音此起彼落。渔船靠岸后，渔家会出售赶海打来的海鲜。船上的海鲜不仅新鲜，而且便宜，那些螃蟹和蚌类还会带着海水晶莹清澈的光泽。我买了一只漂亮的海星，准备带回北京。结果还没有登上回程的火车，它就毙命了。扬说，那是因为离开了大海它不习惯，所以用自毙的方式来抗议人类的残暴。我半开玩笑地说："你懂得海星的心情？"扬说："我懂得海星作为一个生命的心情。"我听了竟有种莫名的感动。

卖珍珠贝壳的小贩被兴奋的少年们簇拥着。还有很多胸前挂着长焦镜头要给人照相的，每人手中拿着一板相册，是以往的业绩。我和扬走近看，无一例外的是游客手托"鸡蛋黄"、手压"鸡蛋黄"，或头顶"鸡蛋黄"之类的创意。过来一对恋人，男的寻到宝一般指着相片对女友说："对，对，就是这个意思。"扬小声说："小学三年级的idea！"我抿着嘴笑，他说的这句话也正是我想说的。

天上的残云已经散尽，晨星在天空中闪烁出最后的光辉。东方的天际泛起了粉红色的霞光，很快便染遍了大海，一种柔和明快的美！未几，霞光中渐渐裂开一线金黄的缝隙。这缝隙越来越宽，越来越长，横亘在地平线上，放射出万道金光。天空和大海，像着了火似的，通红一片。一刹那，在那水天融为一体的苍茫的远方，在那好像燃烧着火焰的大海的远方。一轮巨大的紫红的太阳，冉冉地升腾起来，若沉若浮。到后来，仿佛积聚了万钧之力，一跃而起，跳出了海面，扶摇直上。霎时间，由紫红而玫瑰，由玫瑰而火红，把大半边天上的云霞映得红彤彤的。辽阔无垠的天空和大海，一下子就布满了耀眼的金光。我和扬都拼命地按动着各自相机的快门，想要留住这壮丽的瞬间。

下午，我们去海滨浴场游泳。路两边租售泳装、泳圈等的小门面儿里，游泳的物什可谓一应俱全，身穿大裤衩的老板手脚利索地忙着取物点钱。我换上泳衣又不免害臊地披上件浴袍，拿着泳圈，和扬一起随着人流向前走。向沙滩上望去，满眼亮丽的泳衣和鲜艳的阳伞。

在防鲨网围起来的海域里，游泳的人们在水中追逐嬉戏，无不尽情欢笑。我急切地下了海，迎面一个浪头卷过来，不懂得躲避的我，迎着浪呛了满满一口海水，又咸又苦。"呸！呸！"跟在后面的扬正好看见我这样的狼狈相，不由得笑弯了腰。我没好气地瞪着他。"嘿！浪头又来了！注意！"扬怕我又呛海水，紧张地招呼我，我慌忙转身做好招架的姿势，却已来不及了。大海是用这种方式来欢迎我吗？

玩累了，我惬意地躺在撑着遮阳伞的沙滩上，让沙子当棉被盖在身上。

扬还在海中做着快乐的鱼；我则在沙堆里让快乐的遐想随海风飘动，像加菲猫一样幸福地晒着太阳，望着远处翻卷的白色浪花，只觉得人生之乐莫过于此。

在北戴河待了三天。临回北京时，我们彼此已经很熟悉了。三天的时间，要想彻底了解一个人是不可能的，但要爱上一个人却是绰绰有余。是的，我们就这样走到了一起，我们本来只是想去看看大海，大海却回报给我们一段美丽的爱情。因为这段美丽的爱情和爱情的美丽，去年的夏天和北戴河的海都被记忆涂上了最瑰丽的色彩。

心灵 寄语

北戴河之旅，让爱的小船在这里扬帆，是这里的海把他们连在了一起，是大海见证了他们的爱情。大海可以见证这一对恋人在这里一见钟情，而他们也用像大海一般的胸襟拥抱了彼此。

天使的眼泪

我的天使，别哭！虽然我们现在分开了，独自一人的生活会很艰难，可是我们仍然要好好地生活，勇敢地去面对每一个黎明和黄昏，坚强地度过每一个白天和黑夜。

千 年 石

佚 名

天蓝蓝，云也淡。

风轻轻拂着雨纯的脸，丝发飞上脸颊，游走在她迷乱的双眼间，她用右手轻轻地拨开那几根淘气的头发，呆呆地看着躺在她左手上的一个小石子。

雨纯身旁静静地立着一个男孩儿，清秀的脸庞中带着几分英气，他正看着马路上的车来车往，目光中闪着几分焦急，一会儿，他低头对坐在他旁边的雨纯说："雨纯，这个石头真能告诉你谁能和你相伴一生吗？"雨纯抬起头说："奶奶说它是千年石，现在已经999年了，明年它就会告诉拿着它的人，能和他相伴一生的人是谁！你信吗，枫明？"男孩儿很认真地说："我信！"然后若有所思地抬起头，向着黑夜张望。

雨纯是个漂亮的女孩儿，她自从得到那块千年石，就整天盼望着明年的到来，然而枫明知道，雨纯活不到明年，其实雨纯自己也知道，患先天性心脏瓣膜关闭不严的她，活到17岁已经是奇迹了，但是她不甘心，她是多么希望自己能知道那个可以相伴自己一生的人是谁，她是多么向往18岁的花季，可这一切都离她太远了。

雨纯哭过，伤心地哭过无数次，而每一次她都是伏在枫明的肩膀上，她也不知道为什么，每一次见到枫明，她就变得懦弱起来，就再也抑制不住自己的心伤。而这一切对枫明来说是很值得高兴的事，因为每次雨纯哭过以后，枫明总会笑着用手拭去雨纯的眼泪，用最温暖的话语安慰雨纯受伤的心，那一句"傻瓜，别哭了，我会永远陪着你的"总会使雨纯破涕为笑。

当枫明听说雨纯住院的时候，他的头嗡了一下，然后向医院跑去。他知道这一天早晚会来，但这一天真的来的时候，他却不知所措了，他疯一般地跑着，眼泪在眼窝里打着转。

枫明来到医院的时候，他见到了雨纯，她正在输氧，脸色惨白，心脏微弱跳着的波线，证明着她生命的存在，枫明哭了，他看见雨纯的手里还紧紧地握着那颗千年石。

后来，雨纯成功地做了心脏移植手术，然后出院了，她又见到了蓝蓝的天。

雨纯庆幸自己的好运，感谢老天让那个意外死亡的人愿意把心脏那么及时地捐赠给她。她期盼着明天的到来，因为明天，千年石将告诉她那个可以伴随她一生的人是谁，她开心极了，她要把这份期待已久的快乐和枫明一起分享，作为对枫明在她住院的时间里每天都送她100颗纸星星的报答。

雨纯到枫明家的时候已经是傍晚了，这是她第二次来到枫明的家里，她有点儿紧张，当她走进屋子里的时候，她有些放心了，因为枫明的父母依旧不在家里，只有几个七八岁大的孩子在编着纸星星。

孩子们见了雨纯，都好奇地看着她，雨纯问他们："枫明在家吗？你们是他什么人啊？"一个孩子说："我们和枫明哥哥都是爱心孤儿院的孩子，枫明哥哥几个月前说去很远的地方办事了，他说，如果我们每天编一百颗纸星星送给医院135号病床的病人，等满一万颗的时候，他就会回来！"孩子边说边把最后一颗纸星星放进一个装满纸星星的小瓶子里，是雨纯每天收到的那种。那孩子接着高兴地说："这是最后一百颗了，我们去送了，枫明哥哥就要回来喽！"

孩子们跑远的时候，雨纯突然明白了，她终于明白了枫明的那颗心，也懂得了枫明为她拭泪时难过的笑，同时，她也深深地知道，她已经无须千年石了。

当雨纯再次来到病发前与枫明相见的地方时，夜已深，依旧车来车往。流星划过夜空的时候，有泪滴落到千年石上，泪水溅湿了雨纯的心，加强了心脏跳动时的声响。

在雨纯伤心落泪的地方，在千年的前一个晚上，谁还会为她拭去泪水并轻轻地说："傻瓜，别哭了……"

心灵寄语

18岁，这是一个令人羡慕的年龄，当死神向她靠近的时候，她紧握手中的千年石，仿佛握着希望，于是幸运之神将她从死神手中夺了回来，同时也让她拥有了可以相伴一生的爱人之心。

最后一个魔术的秘密

王小艾

  魔术师汤尼和简是在一个酒会上一见钟情的。他们爱得热烈、绚烂，都认定了对方是彼此的终身依托。

  尽管简是个生活中一无所知，并且连路都分不清楚的小女人，可是汤尼像宠女儿一样爱着简，把她照顾得无微不至。就这样十年过去了，他们相继有了儿子和女儿，一家人过得很幸福。

  可有一天，邻居却告诉简，看见汤尼和一个女人很亲密地进了酒吧。简不信。但当晚汤尼果然很晚才回家，简躲在窗帘后面，看到汤尼坐在一个妙龄女郎的车里，分手时他们拥抱在一起。简怔住了，感觉当头一棒，如果失去汤尼，生活又有什么意义呢？

  她黯然神伤地看着穿衣镜中的自己，陷入沉思。这么多年来，自己真的是什么都不懂，除了带孩子什么都不会做，连饭都煮不好，出门在外还经常迷路，生活中的一点一滴都必须依靠汤尼。天啊，原来汤尼为自己付出了这么多，他一定是觉得累了，所以现在总是借口加班，只是想从别人那里找到慰藉，难怪他最近总说安吉拉太太做的饭好吃，说凯瑟琳小姐变得成熟懂事，原来都是在变相地指责自己啊。最终她什么也没有问汤尼。在大哭一场后，简开始改变自己，试图学会生活，学会关心照顾汤尼，把他从别人手上抢回来。

她开始跟着电视或菜谱学做菜，汤尼和孩子都很惊喜。尽管她刚开始做得比较难吃，而且笨手笨脚，还经常烫到手。但她对做饭极有天赋，不久就能做出味道极好的饭菜了。另外，她也发现只要用心去观察，记住任何一条路线都是轻而易举的事情。她成了一个出色的主妇，不再依赖汤尼。

出人意料的是，此时汤尼却越来越依赖她了，甚至连打什么颜色的领带都要她来安排。与此同时，他也越来越喜欢待在家里，晚回家的现象越来越少了。

有意思的是，简的好强心一旦被激发出来，她就停不下来了。她不再满足待在家里做家务，她想出去工作，虽然汤尼挣的钱足够养活整个家庭。终于，她找到了一份翻译的工作。她变得越来越自信，越来越有魅力了。她不仅深深地吸引住了汤尼，甚至连很多别的男人都被她吸引住了。

外遇风波就这样销声匿迹，他们依然继续着热恋般美好的生活。

厄运降临得非常突然，半年后，汤尼因为肝癌不幸去世了。简在极度的伤心后，按汤尼的遗嘱，打开了保险柜。在一个精美的大信封里，简意外地发现了一封汤尼生前写的信：

亲爱的简，当我知道自己得了癌症后，我的第一个反应就是你和孩子怎么办，你的生活能力太差了，以前有我的照顾，但没有我之后怎么办？我怎么能放心？

为了锻炼你独立生活的能力，我才出此下策，故意找人来冒充第三者刺激你。而这也验证了你对我的爱。你爱我所以没有说破，所以愿意去改变。

我很高兴在短短的时间里，你已经迅速地成长起来，这样我就放心你一个人去面对生活的种种了。这是我为你变的最后一个魔术，你从一个生活白痴变成了一个独立自信的人，我为你感到高兴和自豪。

别为我哭泣，你能自己好好地生活就是我最大的安慰了。感谢上天将你赐予我，我将在天堂祝福你。

泪水霎时从简的眼眶中滚滚而出。

一个男人该用多深的情，才会在面对死亡的时候，只想怎样好好安排妻子以后的生活，甚至不惜遭到她的误解。但汤尼做到了。

一个女人怎样痴爱一个男人，才不惜将自己改头换面，改变自己几十年的生活习惯，努力地将他从外遇的身边抢回来。但简也做到了。

汤尼的最后一个魔术，不是一场光与影的幻觉，而是他们真爱的缩影。

心灵 寄语

爱是不需要做假的，但有些善意的假象恰好是为了爱，他为了她而制造了善意的假象，她为了他心甘情愿地改变着自己。可见爱真是世上最伟大也最神奇的魔术。

天使的眼泪

佚 名

自从你走后，天空就总是灰灰的，雨一直下个不停。

那天接到你父亲打来的电话，我几乎不敢相信自己的耳朵，然而从他的哽咽声中，我明白了，这一切都是真的。我发疯似的跑到医院，你却静静地躺在冰冷的太平间里，看着白色床单下的你，我分明感觉到一种巨大的疼痛正在侵蚀着我的心脏，那痛压迫得我喘不过气。不，这不是真的！你说你只是回家换那件我给你买的橘黄色的裙子，还叫我买你最爱吃的棉花糖，然后一起去电影院看《泰坦尼克号》的呀！棉花糖我给你买来了，电影票还在上衣口袋装着，为什么你却躺在这里？如果你累了，我可以送你回家。我会在你床头静静地看你入睡，慢慢地等你苏醒，只是请你不要睡在这里，这里真的好冷啊！……

一座漂移的冰山撞沉了银幕上的泰坦尼克号，一辆疾驰的轿车撞沉了我的泰坦尼克号。你走了，带着我对幸福的憧憬走了。虽然，临走时你没对我说你将去哪里，但我知道，你一定去了天堂，在那里你是美丽的天使！

前几天去你家清理你没来得及带上天堂的物品，在写字桌的抽屉里，我看到了你的日记本。最后一篇是这样写的："2001年11月18日，星期日，天气晴。今天起得很早，大概是太兴奋的原因吧，说好了要和诚一起去看下午场的《泰坦尼克号》这部电影。听朋友们谈起过，这是一部很好的爱情故事，不过结局却很悲惨。很庆幸我和诚的爱情是那么美好，没有任何力量可以把我们分开，我始终相信我和诚一定会执子之手、与子携老……"看着你还没写完的日记，我的眼泪像决堤的洪水般涌出。我心爱的女孩儿，也许真的没有任何力量可以把我们分开，只是我们忽略了一种力量的存在，那就是上帝的召唤。你的离去，是上帝想念你的缘故。可是我也真的很想念你，真的好想好想！

我痛恨自己没有上帝的力量，任凭千万次呼唤你的名字，你也将永不在我的身边飞舞！

每个人都会有许多奢望。从你走后，能够再见你一面，哪怕只是听听你的声音、看看你的笑容，都成了我最大的奢望。这将是我今生唯一的奢望，也是一个永远不可能实现的奢望。每每想到再也无法看到你，我真的心很痛。你换下的衣服，我没有洗。那上面留有你的味道，闭上眼睛，我从那淡淡的体香气息中，可以感觉你就在我的身边。也许有一天衣服上的味道会消失，可是我对你的思念不会停止！

噢，对了，我俩的照片洗出来了。你知道吗？你穿着洁白的连衣裙，真的很美丽。照片上的你，微微笑着，依偎在我身旁，仿佛一直就那么依偎着，从不曾离开过。去取照片时，店里的那位姑娘问我："你漂亮的女朋友没有和你一起来吗？"那一刻，我没有哭，真的，没有哭。我笑着对她说："来了，在我的心里！"她也笑了。从她的眼神里，我看出了她对我们的祝福，只是她没看出我的心在隐隐地伤痛。三分钟后，我夺门而出，那一霎，我泪流满面！

还记得江汉路步行街上的那家麦当劳餐厅吗？那是我们每个周末约会的地点。昨天路过那儿时我进去坐了坐，但这次却只是我一个人。

还是靠窗的那张桌子，我依然坐在老位子上，对面

的那张椅子始终是为你留的。我为你要了一个巨无霸汉堡包和一杯可乐，这是你最喜爱的食物。其实，我一直都不喜欢吃西式快餐，每次陪你来这儿，只是想看着你静静地吃，轻轻地和你聊。以前，我们总爱坐在这里，透过落地的玻璃窗，我们可以很清楚地看到每一对走过的情侣。那时我们总会猜测每一对情侣背后的爱情故事，从而也更加珍惜我们自己的爱情。隔着纯净的玻璃窗，我依然可以很清楚地看到每一对情侣的身影，可是汉堡包和可乐依然静静地摆在桌子上，对面的那张椅子依然空荡荡的。我真的很珍惜属于我们的爱情，可是，为什么你不肯坐在这里和我聊天，却要离我而去？

我已经戒了烟，这是最后所能为你做的。你曾说过，你有三个心愿。第一个心愿是做我的新娘。算算日子，后天就是认识一年的时间。我已经有一个多月没有看到你了，多么希望后天醒来，你会穿着洁白的婚纱，乖乖地坐在家中等待我的迎亲花车。可是，希望总归是希望，而我只能选择绝望。你的第一个心愿今生我无法为你实现了！你的第二个心愿是要我和你一起去看海。这本是一个很容易实现的心愿，可是就像那支歌所说的：有了时间我却没有钱，有了钱的时候我却没时间。以前，我那么努力地学习，就是为了将来发疯似的挣钱，只是想让你可以过得更好一些！可是现在，我有了时间也有了钱，却没有了你！你的第二个心愿，我也无法再为你实现！你的第三个心愿就是要我戒烟。每次你都会亲眼看着我把香烟和打火机丢进垃圾箱，可是第二天你又会从我身上搜出，最后你只有苦笑着说，看来这辈子我都无法实现这个心愿了！现在我戒了烟，总算实现了你的一个心愿。原来我总认为和你结婚、陪你看海是很容易实现的心愿，只是要我不抽烟却很难！现在，本来很容易实现的心愿却永远无法实现了！除了戒烟，我还能为你做些什么？其实，就连这个心愿，你都是为了我！你关心我的身体远胜过关心你自己的身体！

又飘起了小雨，天空依然是灰灰的。我知道那一定是你在天堂里哭泣，传说天使的眼泪撒落凡尘便化成了雨，是的，这一定是你的眼泪，是我的天使的眼泪！

哦，我的天使，别哭！在人间，你是一个很乖的女孩儿。每当受了委屈，你可以趴在我的胸膛哭泣，然后有我为你拭去眼角的泪珠。可是现在，你在天堂里也要乖乖的，学会自己擦干眼泪，因为我不能再照顾你，你也没有一个胸膛可以去依靠了！

我的天使，别哭！虽然我们现在分开了，独自一人的生活会很艰难，可是我们仍然要好好地生活，勇敢地去面对每一个黎明和黄昏，坚强地度过每一个白天和黑夜。其实，我们相距并不遥远。在你脚下的大地上，有我始终伴随着你，你只需低低头，就可以看到我！在我头顶的蓝天上，有你永远陪伴着，我只需抬抬头，就可以看到你！

心灵 寄语

思念像一条河，涓涓长流。如果有天堂，天堂中的天使会看到你的眼泪。如果有神灵，天使会在天堂感觉到你的思念，但天使是不会希望你永远悲伤的。勇敢地面对现实，坚强地度过今后的每一个黑夜与白昼。记住你身后永远有一位天使守护着你。

雨 泪

佚 名

男孩儿和女孩儿是一对男女朋友，男孩儿很花心，但女孩儿对男孩儿很专情。女孩儿很爱雨天，也喜欢淋雨。每当女孩儿跑出伞外淋雨时，男孩儿往往也想陪着她一起淋雨，但都被女孩儿给阻止了。

男孩儿总问："为什么不让我陪你一起淋雨呢？"

女孩儿总回答说："因为我怕你会生病！"

男孩儿也会反问她："那你为什么要去淋雨呢？"

但女孩儿总是笑而不答。最后往往是男孩儿拗不过女孩儿而答应了她的要求，因为男孩儿只要看到女孩儿开心就很快乐。但幸福的时光总是不会长久的，男孩儿喜欢上另一个女孩儿，喜欢她的程度更胜于她。

有一天，当男孩儿和女孩儿吃饭的时候，他提出了分手的要求，而女孩儿也默默地接受了。因为她知道男孩儿像风，而风是不会为了任何人而停留的。

那天晚上，是男孩儿最后一次送女孩儿回家。在女孩儿家楼下，男孩儿最后一次吻了女孩儿。

男孩儿说："真抱歉，辜负了你！但是陪你一起淋雨是我最快乐的时光！"

女孩儿听完便抽泣了起来，男孩儿抱着她。许久以后，男孩儿跟女孩儿说："有一个问题我很久之前就想问你了，为什么每一次你在淋雨时都不让我陪呢？"

许久之后女孩儿缓缓地说："因为我不想让你发现……我在哭泣！"

那一天晚上，又下起了雨……

心灵 寄语

爱是专一的，爱是自私的。爱更是一种责任，如果你不能为对方带来幸福，那你就不要去爱，也不配拥有别人的爱。让爱你的人背着你流泪，你还会感到幸福吗？

"流氓"爱情

南在南方

21岁之前，从来没有一个人说过我像流氓。

那个秋天的下午，在森林公园门口，一个男人拍了一下我的肩膀，说我像个流氓。那时，公园的门口聚了好多人，大家都哈哈地笑了。笑得我红了脸，像是我真的做了什么流氓事儿。

那人说："哥们儿，我们在公园里拍一场戏，差一个演流氓的群众演员，我看你挺合适。"我这才缓过神来，我当然不同意，我凭什么要演流氓？那人说："两三个镜头，报酬是100元，外加一瓶矿泉水和价值10块钱的盒饭。"

我的心动了一下，我说："可以，但是我不会演流氓呀。"那人说："挺简单的，到时候导演给你说一说，你就明白了。"

跟着那个人进了公园，剧组的人已经摆好了道具。导演指着远处一个女孩儿说："你要做的就是像饿狼一样扑倒她，然后撕她的衣服。"我问导演："女孩儿会不会咬我、抓我？"导演笑笑说："她也是个群众演员。没有安排这个内容。"

太阳落了下去，导演说了一声干活儿，我们就开始了。我出现在镜头里，长

发披肩，一件T恤围在腰上，不时跳起来抓一把树叶，一副精力过剩的样子。突然发现那个看书的女孩儿，我就像小偷一样看了一下四周，然后轻轻地朝她走去。应该说，我的表演还可以，因为导演在后面说我贼头贼脑。我走到那女孩儿面前了，她看书看得很认真，没有发现我。当然，她也是在演戏。看得出来她有点儿紧张，因为我听见了她的呼吸声。

按照导演的要求，我此刻唯一要做的事情就是向她正面扑去，然后撕扯她的裙子。可是，我突然没了勇气。这时我心里只有一个想法，人家好好的一个姑娘，我为什么要对她耍流氓？

导演喊停，问我怎么了。我说没有感觉。导演说："扑上去就完事儿了，要什么感觉？"导演让我再来一次。和第一次一样，我站在她面前，久久没有扑上去。也许那女孩儿等急了，她抬头看了我一眼，眼神安详得像一只羔羊。她低头继续看书，我的心跳得很厉害，梦里千百次想象的女孩儿就是这样的纯净啊。

导演又喊了一声"停"，然后就骂我，导演说再给我一次机会，如果还不行，就让场记上。场记一副跃跃欲试的样子，让我感觉到流氓心理的可怕，怜香惜玉的感觉一下涌上心头。

第三次，我还是没有扑向女孩，而是抓住她的手说，跟我走！我牵着她飞奔而去。一直跑出了公园，我们才缓过气，相互看着，直到呼吸均匀。她笑着说："简直像私奔的速度！"

女孩儿说："我叫丹麦。"我说："那是个盛产童话的国家。"丹麦说："每个人心里都有童话的，就像刚才的那一幕，你叫什么？"我告诉他后，她说："徐徐，请你去喝咖啡。"

我们坐在咖啡店秋千一般的椅子上，如水的音乐响起来，人一下就开始怀旧起来，我们几乎同时说起了童年。丹麦说，她小时候和外婆住在一起，时常站在码头上想念爸妈，天真地想，有一天会有一个水手带着她去远方。她沉浸在往事里。突然耳边响起了一首歌，老是重复着唱"天黑黑"。

喝完咖啡，夜已深。我们走在夜里，手就这么牵着。丹麦突然笑了起来，说，从前有过英雄救美的故事，还没有"流氓"救美，你算是填补了空白。她停下脚步看着我说："你为什么没有按导演说的做，为什么霸道地拉着我就跑？"我说："我不想撕扯女孩儿的衣服，也不想让别人去撕，就算是演戏。"丹麦的眼里一下就有了泪光，她把头靠在我肩上，喃喃地说："从来没有人这样，从来没有。"

我把丹麦送回家，分手的时候，丹麦给了我她家的电话。

两天后的夜里，我在丹麦家楼下的电话亭里，用IC卡拨通了她的电话，把随身听贴在话筒上，是一首《天黑黑》……

在丹麦听歌的那4分钟时间里，我终于想好我该如何表白了。歌曲一完，我说，你就是我一直以来所期待的美好。

丹麦没有说话，许久，传来她的哭泣。片刻，她飞奔下楼，扑进了我的怀里，像个孩子似的捶打着我。丹麦抬起头，她的外婆出现在窗口。外婆没有说话，只是慢慢地关上了窗户。

一个星期天，我们去陶吧玩泥巴。我先把手印在泥上，丹麦看着我的手印，把她的手印在我的手印上，一只大手里有一只小手，她为这个创意乐不可支。然后我们等待烧制，丹麦给"作品"起名《相约星期天》。两小时之后，我们的手印成了陶片，我们的爱情线竟然清晰地重合在了一起，那一刻，我们相视而笑。

丹麦说："我要告诉外婆，我真的恋爱了，爱上一个穷光蛋、一个乡下人、一个'流氓'。"

一个星期后，我见到了丹麦的外婆，一个慈祥的老人。她给我们讲了两个故事，她说："有种虫子叫蜣螂，就是我们平常说的屎壳郎，它一辈子最大的理想就是滚一个大大的粪球。你知道为啥？"我摇了摇头，她说："它要靠这个娶妻。"她笑了，然后她看着丹麦说："有一家人很穷，妻子老是埋怨丈夫没本事，有一天，家里只有一个南瓜了，丈夫说这个南瓜很珍贵，妻子不信，丈夫就抱着南瓜去市场，他妻子也去了，丈夫给这个南瓜开价100块，但100块可以买10个这样的南瓜。最后，真的有人出100块要买这个南瓜。"丹麦说："为什么？"外婆说："不管是东西还是人，只要你懂得珍惜，它就是宝贝。所以，你别说徐徐是个乡下人。"

我们都笑了，外婆是智慧的。丹麦从此除了叫我"流氓"之外，还叫我"蜣螂"和"南瓜"。当然，都是我们两个人在一起的时候才叫的。

心灵 寄语

很多爱情就像是一场戏，而我们都是早已安排在其中的角色，但如果没有这场戏，我们也不会相识。如果我不曾犹豫上前，我们也不会最终一起逃离，一起"私奔"。懂得怜香惜玉的人，才会懂得珍惜与呵护自己的爱人。

幸福的黄手帕

彼德·汉密尔

　　几年前我第一次听到这个故事，是在纽约格林尼治碰到的一个女孩子说的。她说当时那些人里有她。此后别人听我提起这件事，便说他们记不起是在哪本书上看到过大致相同的故事，或是听熟人讲过，是那位熟人朋友的亲身经历。这故事很可能就是那种深藏在人们心底的神秘的民间传说，每隔几年，就以不同的说法流传一次。尽管故事中的人物不同，寓意却始终如一。我倒愿意相信某时某地真有其人其事。

　　他们到佛罗里达去，3个男孩儿，3个女孩儿。他们用纸袋带着夹肉面包和葡萄酒，上了长途公共汽车，梦想着金黄色的海滩和海潮，灰暗寒冷的纽约在他们后面消失了。

　　长途汽车隆隆南驶，一个名叫温哥的男人引起了他们的注意。他坐在他们的前面，身穿一套不合身的褴褛衣服，一动也不动，灰尘满面，让人看不出年纪。他不断地咬嘴唇内部，寡合得仿佛身处愁茧，默无一言。

　　长途汽车深夜驶抵华盛顿郊外，停在路旁一家餐馆门外。大家都下了车。只有温哥没下，像在座位上生了根似的。这些青年觉得奇怪，就猜想他究竟是什么人：也许是船长，是离妻别家的人，是解甲归田的老兵。他们回到车上，有个女孩儿就在他旁边坐下，向他自我介绍。

"我们是到佛罗里达去的，"她爽朗地说，"听说那儿风景很美。"

"不错。"他淡然回答，仿佛勾起了想忘却的事。

"要喝点儿酒吗？"女孩儿问。他露出笑容，喝了一大口。然后谢谢女孩儿，又闷声不响了。过了一会儿，女孩儿回到自己一伙人那里，温哥在低头打盹儿。

早上，大家醒来，车已开到另一家餐厅外面，这一次温哥进去了。女孩儿一定要他一道吃。他好像很难为情，叫了杯不加牛奶的咖啡，那群年轻人闲谈着露宿沙滩的事，他却紧张地抽烟。再上车，女孩儿又和温哥同座，不久，他不胜辛酸地慢慢说出了自己的沧桑：他在纽约坐了4年牢，现在获释回家。

"你有太太吗？"

"不知道。"

"你不知道？"女孩儿问。

"说来话长，我在牢里写信给妻子，"他说，"告诉她我要很久才能回家，要是她受不了，要是孩子老是问这问那，要是觉得太丢脸，就忘掉我吧。我会理解她的。她是个了不起的女子，很好的女子，我说另找个男人，忘掉我吧。我告诉她不必给我写信，她没来信。3年半没有消息。"

"你现在回家，还不知道情形怎么样吗？"

"不知道，"他很腼腆地回答，"是这样的，上周我确知可以获释了，又写了封信给她。镇口有棵大橡树。我告诉她，假如还要我的话，就在树上挂条黄手帕，我就下车回家。假如不要我，就不必了——没有手帕，我就不下车，一直走下去。"

"哎哟，"女孩叫了起来，"哎哟。"

她告诉了别人，不久大家全知道了，快到温哥故乡时大家都紧张起来，看温哥拿出的几张照片，照片中是他的妻子和3个孩子，他妻子有一种朴实的美，孩子还很小，照片抚弄的次数太多了，满是裂痕。

离城镇只有20里了,年轻人都在车右边靠窗而坐,等着看那棵大橡树出现。车厢里气氛沉郁,寂静无声,想到生离之苦、青春虚掷,大家都默然无语。温哥不再眺望,沉着脸,重又流露着出狱犯的神情,像是怕再遭受挫折,先在心理上加强准备似的。

还有10里,还有5里。接着,突然之间,所有的年轻人都离座起立,狂喊、狂嚷、狂叫,雀跃不已,只有温哥例外。

温哥坐在那里惊呆了,望着橡树,树上挂满了黄手帕——20条,30条,也许好几百条,就像旗帜迎风招展在欢迎他。在年轻人的欢呼声中,这个刚出狱的人离座起身,走到前面,下车回家了。

心灵 寄语

一位朴实的妻子,虽然她没有任何语言、没有任何表白,却默默地坚守着远在监狱服刑的丈夫。一条条黄手帕,足以表达出她对丈夫的爱,还有多年来默默的付出。

年轻时的爱

哲罗姆

你恋爱了，这很自然。如果你还没有恋爱，今后你一定会有。恋爱就像麻疹，我们一生都要经历一次，你永远不必害怕会第二次染上它。

我们绝不会第二次染上恋爱病。小爱神丘比特是不会在同一颗心上射入第二支金箭的。我们会再度喜欢上谁，再度崇拜上谁，也可能再度对谁产生非同寻常的好感，但我们绝不会第二次恋爱。人心有如烟花，只能一次把火花射向天空。它燃亮于瞬间，宛若流星划过天际，流光溢彩，照亮下面整个世界，周围是我们日常平淡生活的灰暗夜幕。然后，燃尽的空壳落回地面，毫无用途，无人理睬，慢慢地化为灰烬。

少男少女们啊，你们对爱情的期望恐怕过高了。你们以为，你们小小的心中有足够的东西去维持这种吞噬一切的激情，使它能持续漫长的一生，年轻人啊，切勿过分相信那闪烁不定的火苗吧。

随着岁月的流逝，它会渐渐熄灭，而且再也无法补充燃料。你们会满怀愤懑和失望，眼巴巴地看着爱火熄灭。在自己的眼里，逐渐冷却的似乎正是对方。小伙子会苦涩地看到姑娘不再面露微笑，脸蛋绯红地跑到门口迎接自己；他咳嗽时，姑娘已不会掉泪，也不再用双臂搂住他的脖子说，没有他自己就活不下去。她顶多会建议他喝点儿咳嗽药水，即使如此，她的语气也像在暗示：她急于避开他的阵阵咳声，甚至于躲避其他一切嘈杂之声。可怜的姑娘也是这样，她暗自神伤，因为小伙子已不再将她那方旧手帕珍藏在背心里面的口袋里了。

感到爱情的血流在血管中奔涌的年轻人，有谁会想到这血的流速竟会减慢下来！20岁的男孩儿认为，他的爱与他60岁时的爱一样疯狂。虽然他想不起哪个中年或中年以上的男子是以感情的疯狂和投入著称的，但这丝毫不会动摇他的自信。他的爱情永不衰退，无论别人怎样。谁都没有像他那样爱过，所以世人的体验当然都对他毫无帮助。哎呀，还不到30岁，他已经跻身于愤世者的行列了，这并非他的过错。我们已经不会脸红；我们的激情，无论是好是坏，也都消失殆尽了。我们30岁时既不憎恶，也不悲凄；既不欢乐，也不失望，不再像我们十几岁时那样了。

我们失望却不至于自杀；我们畅饮成功的酒浆却不会喝醉。多长了几岁以后，我们看待一切都不那么乐观激进了。雄心的目标已经不再那么宏伟；看待荣誉更加理智，而且会与其环境相适应；至于爱情，它死了。"贬抑年轻人的梦幻"的心理如同一层致命的寒霜，不知不觉地渐渐覆盖了我们的心。温情脉脉的表白被抑制；昂贵的鲜花枯萎了；当年那株渴望把枝蔓伸向全世界的青藤，如今只剩一根风干的枯桩了。

年轻人正是在形成性格时期颤抖着坠入爱河的。他爱的姑娘既可以造就他，亦可毁掉他。啊，年轻人，趁你年轻的爱梦还没有消失，尽情感受它吧！用不了多久你就会懂得：爱是生活中最甜蜜的感情。甚至当爱带来痛苦，那也是一种疯狂而浪漫的痛苦，与事后的悲哀和平庸的痛苦迥然不同。当你失去了她，当生活的灯盏熄灭，当世界在你面前展现出一派漫长、黑暗的恐怖时，你的绝望中也掺杂着一半迷醉。

为了得到爱的狂喜，谁不会甘冒恐怖之险呢？那是什么样的狂喜啊！只要一想到恋人，你会浑身战栗不已。告诉她你爱她，为她活着，也愿为她而死，那是何等美好！你口吐狂言，让夸张的废话如同洪水决堤，她装作不相信你的话，那是何等残酷！你怀着一颗敬畏的心伫立着，等待她的到来！冒犯了她，你又何等痛苦不堪！但是，你受她欺侮，乞求她的原谅，脑子里却根本不知道自己错在哪里，这对你又是多么大的乐事！她怠慢你，只为了使你难堪，世界变得漆黑一团！而当她莞尔一笑，世界又是多么阳光灿烂！你对她周围的人是那么嫉妒！你对和她握手的男子和与她亲吻的女人是那么痛恨！你那样急切地盼望她的到来，而见到她你又显得那么愚蠢，直勾勾地看着她，嘴里却一个字也说不出来！你无论白天夜晚什么时候出去，都会发现自己站在她家窗口对面，绝无例外！你没有胆量走进她家，只好徘徊在街角，朝她的窗口遥望。啊，假若那屋子突然起火，你冲进去，冒着生命危险把她救出来，任凭自己被烧伤，那该有多好！每个假日你都会去她的圣殿，献上一份寒碜的贡品。只要她肯屈尊迁就，接受你的薄礼，你就会觉得收到了双倍的报偿。她的一切你都视如珍宝——纤巧的手套，她系过的发带，曾栖息在她秀发间的玫瑰，那花瓣曾使你写出你今天已不愿再看上一眼的诗歌。

啊，她是多么美丽绝伦！她像天使一样来到屋子里，使其他一切都显得粗鄙平庸，她太神圣了，不能碰她。即使是凝视她，似乎也是冒犯。想到亲吻她，你马上会联想到在大教堂里唱滑稽调。跪下来，小心翼翼地把她的纤纤玉手捧到你的嘴边，这已经够亵渎了。

啊，那些愚蠢时光哟！那时，我们纯洁无私，单纯的心里充满真理、忠诚和崇敬！啊，那些充满高尚企盼和高尚冲动的愚蠢时光哟！

心灵 寄语

每个人都会有年轻的时候，每个人都会有一份刻骨铭心的爱。或许我们为之疯狂愚蠢，为之做过很多傻事，为之寝食不安……我们却不后悔，即使多年以后，年轻时的爱，依然纯真，依然是心中最美的守候。

那晚她失去了整个天堂

佚 名

　　有那么一对情侣。女孩儿很漂亮，非常善解人意，时不时出些坏点子要耍男孩儿。男孩儿很聪明，也很懂事，最主要的一点——幽默感很强。总能在两个人相处中找到可以逗女孩儿发笑的方式。女孩儿很喜欢男孩儿这种乐天派的心情。

　　他们一直相处得不错，女孩儿对男孩儿的感觉，淡淡的，说男孩儿像自己的亲人。

　　男孩儿对女孩儿的爱甚深，非常非常在乎她。所以每当吵架的时候，男孩儿都会说是自己不好，是自己的错。即使有时候真的不怪他，他也这么说。因为他不想让女孩儿生气。

　　就这样过了5年，男孩儿仍然非常爱女孩儿，像当初一样。

　　有一个周末，女孩儿出门办事，男孩儿本来打算去找女孩儿，但是一听说她有事，就打消了这个念头。他在家里待了一天，他没有联系女孩儿，他觉得女孩儿一直在忙，自己不好去打扰他。

　　谁知女孩儿在忙的时候，还想着男孩儿，可是一天没有接到男孩儿的消息，她很生气。晚上回家后，发了条信息给男孩儿，话说得很重，甚至提到了分手。当时是晚上12点。

　　男孩儿心急如焚，打女孩儿手机，连续打了3次，都被挂断了。打家里电话没人接，男孩儿猜想是女孩儿把电话线拔了。男孩儿抓起衣服就出门了，他要去女孩儿家。当时是12点25。

　　女孩儿在12点40的时候又接到了男孩儿的电话，用手机打来的，但她又给挂断了。

　　一夜无话。男孩儿没有再给女孩儿打电话。

　　第二天，女孩儿接到男孩儿母亲的电话，电话那边泣不成声。男孩儿昨晚出了车祸。警方说是车速过快导致刹车不及时，撞到了一辆坏在半路的大货车。救护车到的时候，人已经不行了。

　　女孩儿心痛得哭不出来，可是再后悔也没有用了。她只能从点滴的回忆中来怀念男孩儿带给她的欢乐和幸福。

　　女孩儿强忍悲痛来到了事故车停车场，她想看看男孩儿待过的最后的地方。车已经撞得完全不成样子。方向盘上，仪表盘上，还沾有男孩儿的血迹。

　　男孩儿的母亲把男孩儿当时身上的遗物给了女孩儿，钱包，手表，还有那部沾满了男孩儿鲜血的手机。女孩儿翻开钱包，里面有她的照片，血渍浸透了大半张。

　　当女孩儿拿起男孩儿的手表的时候，赫然发现，手表的指针停在12点35分附近。

　　女孩儿瞬间明白了，男孩儿在出事后还用最后一丝力气给她打电话，而她自

己却因为还在堵气没有接。男孩儿再也没有力气去拨第二遍电话了，他带着对女孩儿的无限眷恋和内疚走了。

女孩儿永远不知道，男孩儿想和她说的最后一句话是什么。女孩儿也明白，不会再有人会比这个男孩儿更爱她了！

心灵 寄语

当爱情来到身边的时候，你要用心去把握，否则一不留神，爱情就会从你身边溜走，让你后悔一生。你应该用心经营你的爱情，因为它能给你带来一生的幸福，想要得到爱就要勇敢地去追求，要爱就要大胆地去表白。

对不起，亲爱的右脸

罗 西

　　她背靠着一棵棕榈树读着英语课文，这是一幅黄昏的剪影，偶尔有风，拂起几丝乱发干扰着她秀气的左脸……站在不远处的李建正忍不住按下快门。"咔嚓"过后，两个人惊慌相视，他先是笑着，然后看到她有一丝的恼，但是马上转为一种像羞涩的惊慌。他以为自己冒犯了她，于是走过去道歉："我是美术系的，喜欢摄影，刚才你的剪影真美……"当她缓缓抬头侧过脸的时候，他突然看到她右边的脸上，一块犹如半壁河山的胎记，他一下子觉得很内疚，于是改口说："抱歉。"

　　"没有关系，不过，照片洗出来一定要给我。"李建正为她善解人意的微笑松了一口气，他记下了她的名字——阿琪。一块有瑕的玉，他心里这样痛惜着，然后在手心里抄下她的宿舍楼号和房号……回去的路上，他的脑海里还在不断地重现着那张矛盾的脸，左边是晴、右边是阴，造物主为什么如此残酷？那么好的一个女孩儿，就这样从白天被推至黑夜。

　　是的，阿琪只喜欢黑夜。她喜欢把齐耳的头发拢到右边去，为了遮丑，为了尽量减少看见他人不必要的惊讶。她很害怕同情的眼神，她相信妈妈的话："你是妈妈的宝贝，因为怕丢，所以上帝为你做了个比较重的记号。"虽然妈妈是流着泪安慰她的，但是阿琪还是喜欢这个像传说一样美丽的解释。

夜色是阿琪最温暖的保护色。青春依然需要飞扬，头发是遮不住那个记号的，那么，夜晚的黑就是她最欢迎的。小时候，每次考试，她都要刻意留几道题不做，因为她担心又考全班第一，那就意味着要被评为"三好学生"，然后当着全校师生的面上台领奖，她害怕这样隆重的曝光，所以她宁愿考差一些。这是她成长历程里一个忧伤的秘密。有时对着镜子摸着无辜的左脸时，她也偷偷哭过："对不起，亲爱的左脸，右脸让你很丢脸！"

幸运的是，长这么大，没有人当面嘲笑过她，但是，她却要不断面对惊叹。经常有人看见她曼妙的背影，便加快步伐往前赶，超越她后迫不及待地回首看她时，他们几乎又都变成了一个个的惊叹号。见多了，阿琪也渐渐习惯了，并且修炼出一个本领——送对方一个微笑，仿佛还有些调皮的戏谑。

所以，午夜的空城，是她最喜欢的去处。漫步其中，她不再胆怯、自卑，可以把头仰得很高。如果有月亮，那就更美了，她知道，月亮是属于像她这样寂寞和逃避的女孩儿的，沉默相对，但是已经心心相印。如果它真是颗爱人的心，此生就无憾了。这天夜里，已经十一点半了，阿琪才踏着月色回到女生宿舍楼，远远地，她一眼就看见了那个戴棒球帽的李建正。他跑过来说："这么迟才回来，要注意安全！"她本想这样调侃："我有一张很安全的脸！"但看他焦急认真的样子，便改口问："送照片来？"

"不是，我是先来看你，探路的，下次给你。"他有些不自然，抬头看她宿舍的窗口，她也情不自禁地抬头看，哦，同宿舍的女孩正嘻嘻哈哈地看着他们。阿琪低下头：

"她们在看我们。"李建正却兴奋地说:"我上去过了,等你等不到就在这里等了。"

阿琪不知道最后是怎么跑上楼的,当舍友在门口堵着她让她"老实交代"的时候,她才感觉脸在烧。但是,她很快发现只是美丽的左脸在烧,右脸却一直被她下意识地压抑着,所以,那里的神情一般比较迟钝暗淡。这夜,有些难眠。原来睡觉的时候,是向右侧卧的,今天晚上,阿琪终于放过对右脸的惩罚,因为有个很帅很帅的男孩儿在关心自己,这是不同寻常的,原来她也可以有爱的。虽然,这只是个爱的信号,但是,敏感的阿琪很清楚,这个信号意味着有一些更绮丽的情节有待铺陈。所以,她仰躺着,她今天要让左右脸一样扬眉吐气。这样想着,两行热泪慢慢滑落……

接下来的日子,有期待,也有惊喜。李建正不断地找各种借口来看她,还把自己的日记"借"给她看。阿琪有些承受不了,摆着手说:"这可不行。"李建正说:"我的心在里面,我要让你看见我的心。"日记本几乎是被他塞进自己怀里的,阿琪只好勉强收下,然后他就欣喜地跑了。

挣扎了很久,阿琪在蚊帐里悄悄地打开了那本日记。首先映入眼帘的是自己的那张剪影,真的很美。她很少拍照片,这样的姿势,这样的侧脸,这样的夕阳,犹如一幅油画。照片已经贴上去了,下面有一句话:遇见你,就是遇见我的太阳。太阳不可以直视,因为它太明亮。

后面是他们认识这一个月来的日记。其实,每次,他只是来看自己,用各种借口,但是,他们并没有一起出去过。阿琪送他,也只送到宿舍楼门口。李建正的日记都是心理活动——他是个多情的男生。

其中,有这样一段表白:"我知道你有些自卑,可能会怀疑我的感情。但是,我要告诉你,爱上你是真的,因为你有独到的美丽。我是学艺术的,我懂得断臂维纳斯的

美，我更懂得你的缺憾美。我愿意是你的右脸，接受我的爱，相信我的爱……记得，我是你的右脸！"

看到这里，阿琪下意识地摸了摸自己的右脸。她曾经斗气地用各种香皂洗着黑暗的右脸，如今却有个深情的男人要做自己的右脸，她先是会心一笑，然后是感动。自己的判断没有错，他是爱上了自己，曾经空洞、无奈、绝望的心，因为他的出现，重新有了光亮，他才是自己的太阳，一轮照耀自己重生的爱情太阳。

抱着他的日记，她幸福地睡去了。第二天黄昏，当楼下看门的阿姨再次用喇叭夸张地喊"306的阿琪，有人找你"时，所有的舍友都高兴地拥着她催促："快，他又来了！"这时，阿琪反而平静得有些反常："好，我这就去谢绝。""为什么？"大家都觉得这一切来之不易。但是，只有阿琪清楚，她现在只有感动，而没有爱情的激动。他的追求、他的优秀，不容置疑，但是，她不能因为感恩而接受他的爱，更不能因为爱情资源匮乏而迁就着接受这份爱。她是渴望爱，而且机会一定比别人少，但是，她一样有高贵的选择权利。

"我们去树林里走走。"李建正的提议，阿琪欣然接受。这是他们第一次并肩走在一起，秋意有些凉，他把身上的牛仔衣脱下来给她披上，她笑纳了："一股暖流传遍全身！"原来自己还可以这样幽默，阿琪为自己的这种轻松感到高兴。跟他走在一起，她突然忘记了有一半黑暗的脸。他们漫无边际地聊着，走累了，就找了个有灯的地方坐下。那是一家路边咖啡厅。

李建正要服务员关灯点上蜡烛，这个细节，阿琪看得很清楚，她马上微笑着阻止："不用，我现在喜欢灯光。"她问他："要不要加糖？"他说："不用，你已经让我感到甜了。""你嘴巴更甜！"阿琪回敬着，然后话锋一转，说到了他的日记。她在斟酌着句子，然后搅着咖啡说："我非常感谢你爱的鼓励，不，甚至是一种拯救。我可以接受你的善良，但不能接受你的爱情。你给了我一个全新的右脸，谢谢你，我的右脸。"

李建正还在努力地表白，他很真诚、很急迫。但是，他最后也看到了对面这个女孩坚决而渐渐灿烂的脸，他终于没有再说了。他心有所安，起码，他真的解救了阿琪禁锢的右脸。爱情是不能拿来慷慨的，她不要，你怎么可以强行给她？爱情不像礼物，可以随便派送。李建正送她回宿舍楼，她还给他日记："照片我留下了，也留下了你给我的祝福，谢谢你，我的右脸！"

后来的后来，李建正开始了一场新的恋爱，但是他和阿琪仍然是好朋友。阿琪说，他是可以做一辈子的朋友，因为他很善良。现在，她还叫他"我的右脸"。爱情会给人力量，更会给人以美。她不再痛恨镜子，因为她不再痛恨右脸，她爱上了自己，然后更好地去爱自己要爱的人。阿琪已经准备就绪。

心灵 寄语

人无法选择自己的性别和身体的各个器官，因为这是与生俱来的，但人可以选择自己的人生。聪明的人即使身体并不健全，但仍能勇敢地追求美好的未来；怯懦的人，他只会永远无休止地抱怨，到头来虚度了年华。

为了一个美丽的约定

有时命运就是这样无情，一对同命相连的病友，他们用同样的方式鼓励着对方，他们用同样的祝福送给对方，他们的生命虽然终结了，但他们的灵魂得以永生。

最后的牵手

李华伟

这一次，是他的手握在她的手里。

这是一双被岁月的牙齿啃得干瘦的手：灰黄的皮肤，像是陈年的黄纸，上边满是水渍一般的斑点；不安分的筋，暴露着，略略使皮与指骨间，有了一点点空隙。那些曾经使这手显得健壮和有力的肌肉消失了。这是长年疾病的折磨所雕凿出来的作品。

可是，她仍然紧紧地握着这手。一个钟头，又一个钟头，坐在他躺着的床边，看着他瘦削失形的脸，听氧气从炮筒一样的钢瓶里出来，咕咕嘟嘟穿过水的过滤，从细细的、蓝色的管子里，经过鼻腔慢慢流进那两片已被癌细胞吞噬殆尽的肺叶里，样子有些木然。很久都是相对无言。突然，她感到那手在自己手心里动了一下，便放松了它。那手立即像渴望自由的鸟，轻轻地转动一下，反握住她的手。

"要喝水吗？"她贴近他的脸低声地问。

他不回答。只是无力地拉着她的手。

她知道，他实在是没有力量了，从那手上她已感到生命准备从这个肉体上撤离的速度。不过依着对五十多年来夫妻生活的理解，她随着那手的意愿，追寻着那手细微的指向，轻轻地向他身边移动着。到了胸前，她感觉到他的手指还在动。又移到颈边，那手指似乎还在命令：前进！不要停下来！

一切都明白了，她全力握紧那干枯的手，连同自己的手，一齐放在他的唇上。那干枯的手指不动了，只有嘴唇在轻轻嚅动。有一滴浑浊的泪从他灰黄多皱的脸颊上滚落下来。许多记忆一下子涌上她的心头。

从这两双手第一次牵在一起的时候，他就这样大胆而放肆地把她纤细的手拉到自己的唇边。

那时，他的手健壮、红润而有力量。她想挣脱他的手，但像关在笼子里的鸟，冲不破那手指的门，直到她心甘情愿地让自己的手停留在他的唇边。

习惯是从第一次养成的。这两双手相牵着，走过一年又一年，直到他们的子女一个个长大，飞离他们身边。贫困的时候，他们坐在床边，他拉过她的手放在自己的唇边；苦难的时候，他拉起她的手放在自己的唇边。手指好像是一些有灵性、会说话的独立生命，只要握在一起加上轻轻一吻，就如同魔术师神奇地吹了一口气，什么就都有了。信心、勇气、财富，一切都有了。

他们有时会奇怪地问对方，什么叫爱情，难道就是这两双手相牵，加上轻轻的一吻？或许这只是他们自己独特的方式。短暂的离别也罢，突然的重逢也罢，甚至化解任何一个家庭都绝不可少的为生活而起的争执，都是用这一个程式化了的动作。

可是，他们彼此听得懂这手的语言：关切、思念、幽怨、歉意、鼓励、安慰……

现在，生命就要首先从他的一双手走到尽头了。

曾经有过的青春、爱情，曾经有过的共同的幸福记忆，都将从这一双手首先远去了。

她的手在他的唇上只停留了短暂一瞬，便感到那只干枯的手不再动了，失去了温度。

屋子里突然一片静寂，原来那咕咕作响的氧气过滤瓶不再作声了。时间到了！

她没有落泪，站起身来，看着那一张曾经无比熟悉而又突然变得陌生的脸，慢慢抓起他的手，轻轻地贴在自己唇边。她觉得沿着手臂的桥，那个人的生命跑了过来，融汇在自己身上。她相信自己不会孤单，明天，依然会是两个生命，两个灵魂面对这同一个世界。

心灵 寄语

他们手牵着手走过了艰难的日子，也牵着手走过了蹉跎的岁月，如果有来生，相信他们同样会手牵手一起走到生命的尽头。

爱的字笺

吉文·罗梅罗

就爱而言，再多都是不够的……

飘舞的雪花被冬风吹卷着扑向窗棂，我和丈夫依偎在熊熊的炉火前，一边啜饮着香浓的苹果汁，一边用鼻尖逗弄着对方，诉说着绵绵情话。

我可以把这情景描述得煞有介事，然而，这并不是生活的现实。

十一月初的暴风雪已经融化，露出满目灰秃秃的树木和泥泞的绿地。这景色正合我们的心境。由于儿子刚刚降生两个月，我和丈夫正处于极度喜悦和烦躁交织的状态。我只休了6周的假就上班了，身体还没有从产后不适中恢复过来。我感到自己臃肿不堪，工作也显得力不从心，丈夫则因此心怀歉疚。我们的睡眠严重不足，除了早晨简短的交谈和晚上匆忙的一吻外，夫妻间很少有交流的机会。两人的心不觉疏远了。其实，我们都非常渴望彼此的关爱。

那晚，特别疲乏的一天结束后，我躺在小宝宝的旁边，迷迷糊糊地抚摸他的小脸蛋、光洁如缎的脖子、他的小胳膊、轻软的手指……后来我就睡着了。恍惚之中，我好像感觉到丈夫来了，站在门口，他是想和我谈两天前中断的话题，但是我很快就沉沉睡去了。

几小时后我被孩子饥饿的呜咽声吵醒，我看到丈夫在近旁睡得正酣。等到儿子心满意足地填饱了肚子，我起身想去喝杯水。我摇摇晃晃地走进客厅，按下电灯开关——我意外地发现在全家福的镜框上挂着一张字条，仔细看去，上面写着："我爱你，因为我们是一家人。"

一时间，我的呼吸停顿了。我试探着沿过道向前走去，居然又发现了一张字条："我爱你，因为你善解人意。"

在接下来的半小时里，我在房间里到处搜集着这些爱的字笺，字字句句，深情款款，暖人心田。在浴室的镜子上："我爱你，因为你美丽动人。"在我的备课夹上："我爱你，因为你为人师表。"在冰箱上："我爱你，因为你秀色可餐。"在电视上，书架上，柜橱里，前门外："我爱你，因为你风趣幽默……你聪明可爱……你才思敏捷……你让我感到自己无所不能……你是我们儿子的妈妈。"最后，在我们卧室的门上："我爱你，因为你说愿意。"

这一切真令人陶醉。我的心仿佛穿越了无数不眠之夜，重新找回了平凡生活的欢乐之光。我悄悄回到床上，蜷曲在我亲爱的丈夫身边，把他轻轻地搂在怀里……

心灵 寄语

工作的繁忙，也许让人忽略了生命中的另一半，但爱情是需要保鲜的。其实婚姻是需要经营的，越是平凡的生活中越常常需要加一些爱情的调味品。

相思无用，忘了就好

佚 名

那一年，她19岁，读高三。他和她同级，被一面墙分隔在两个不同的教室。

她发现，这个新转来的男生有长长的一段路要和她同行。从此，他们就经常在路上看到彼此的背影。

也许因为面临高考的压力，也许因为青春期的羞涩，他们从未打过招呼。每天，就那么不即不离地一路同行。

他每周换洗一次衣服，这让爱干净的她心生好感。她还留意到，他的眼睛略带忧郁，这让她没来由的心疼。她常会想：这双眼睛的后面，是一个怎样的世界？他走在前面时，常会回头看。他看什么呢？她可是一直看着他的背影呢。于是，也不由自主地跟着回头看，而后面并没有什么。

于是她知道，他是在看她，看她是否就在他后面，看她离他有多远。

她也是。当他的背影没有出现在她的视野内时，她也会回头看，看他有没有跟在她后面，看他离她有多远。有时，她会故意磨磨蹭蹭地，只为等他跟上来。比如，在路边小摊前挑选一只发卡，眼睛却不时地望向他来的方向……

彼此，却都装作毫不在意。

她和他的距离，总在50米之内。她不想离他太近，近到两个人想要说些什么；也不想离他太远，远到彼此看不见。

他和她，是放学路上彼此眼中的一道风景，装点着紧张单调的高三生活。

偶尔某一天，这道风景没有出现，她会牵挂他。没有他同行的路，似乎变得漫长且荒凉。

是生病了吗？她会这样想。甚至在课堂上，她也会走神。心，飘游到窗外。

再次相会在路上，她会向他投去探询的目光，看他的脸色是红润还是苍白，他也会用目光回应她。这时距离，也会比平日近一些。过后，又恢复如常。

课间，他们站在教学楼走廊的窗前小憩，她听到别的男生喊他，知道了他的名字。虽然不知道那3个字的准确写法。

高中毕业15年来，一个人静静独处时，当年放学路上的那道风景常会出现在她记忆的屏幕上。她会想，当年他考上了哪里的学校？毕业后去了哪里？现在他过得好吗？他还会记得她吗？他偶尔也会想起她吗？

她是能够打听得到的，如果她去问。可是她不能，他是她少女时代情感花园里的一个秘密。

成年后，她爱过别人，也被别人爱过。一路走来，情路坎坷。

那一日，她翻阅一本女性休闲杂志时，看到上面有当月的星座运程预测，出于好奇，她的目光停留在属于她的星座上："……月底会出现新的恋情，对方是你早已认识的一个人。"

这种游戏性质的预测让她莞尔。她的朋友不多，异性朋友更是寥若晨星，在心灵的天幕上快速"筛"了一遍，并没有对其中的谁有感觉。她没有"筛"到他，她不知道他在哪里，甚至压根儿就没想到他。

可她做梦也没有料到，15年杳无音信的他，就在她看过那本杂志后的第三天，竟又出现在了她的生活里。如一颗石子落入湖中，让她的心泛起波澜。

那天下班后，她在楼梯上意外地看到了一个侧影，不由得一愣：这不是他吗？

难道冥冥中真有一种神秘的力量，在操纵安排着芸芸众生？

次日，她下楼去拿一份文件，见一个人正低着头边看文件边上楼。她突然有一种直觉：是他！身子不由定住，正上楼的他被一袭白裙挡住去路，抬起头来，他们四目相对。

果真是他！虽然隔了15年的明月清风，30岁出头的他已微微发福，但五官是不会变的，她一眼就认出了他。

她的心有些慌乱，却平静地看了他一眼，如15年前两人在校园的走廊上相遇时一样，什么也没说，快速地走下楼去。她总是隐藏自己，她承认自己内向而害羞。这与年龄无关，天性如此。

第三天一上班，主任安排她去他的办公室送一份材料，听着那个在她心中藏了15年的名字从主任口中说出，她的心蓦地"怦怦"急跳起来。往事如风，伴着心跳呼啸而至，她的心海在一瞬间翻腾起巨浪。原来，他就在楼下办公，和她只隔了一层楼板。到这座办公楼上班快一年了，她一直没有碰到他。曾以为远隔天涯，此生不会再相遇，不曾想竟近在咫尺！

她的双腿有些发飘，她不知道是怎样来到他办公室门口的，腾云驾雾般的感觉。

办公室的门开着，只有他一个人，正低头在写着什么。她轻轻叩门，如叩着自己的心。

他说着"请进"，没有抬头。收好她递过去的材料，他起身相送。他们相距不到半米，她第一次离他这么近，心底蓦地回旋起泰戈尔的那首诗："世界上最遥远的距离，不是生与死的距离，而是我就站在你的面前，你却不知道我爱你……"

她按住"咚咚"狂跳的心，鼓足勇气，轻轻问他——这是15年来她对他说的第一句话——"你一点儿也认不出我了吗？"

"不，是我不敢认了。"他快速地抬头看她一眼，又低下头去。

她蓦然明白，从当年的一面墙，到如今的一层楼板，还有，漫长而短暂的一段岁月，这些，终是他和她之间遥不可及的距离。

她想，或许，这就是人生和命运。月圆，是一幅画，而月缺，是一首诗。

心灵 寄语

俗话说距离产生美。年轻时的美好回忆永远留在他的记忆深处，他就像是一首诗，一首浪漫的朦胧诗。如诗的缺月，虽有一些缺憾，但同样让人心动。

为了一个美丽的约定

一米阳光

命运总是如此残酷，它让两朵朝气蓬勃的花蕾还未来得及绽放，就过早地衰败了；而命运又是仁慈的，它曾让两颗已经濒临绝望的心重燃了希望的火花。

在一个阳光灿烂的下午，可辛和安心在医院的小公园里相遇了，在四目相触的一刹那，两颗年轻的心灵都被深深地震撼了，他们都从彼此的眼中读出了那份悲凉。也许是同病相怜，到了傍晚，他俩已成了无话不谈的老朋友。从此以后，可辛和安心相伴度过了一个又一个日出日落、昼夜晨昏，两人都不再感觉孤独和绝望了。

终于有一天，可辛和安心被告知他们的病情已到了无药可救的地步，他们被接回了各自的家。他们的病情一天比一天恶化，但可辛和安心谁也没有忘记，他们之间曾经有过一个约定，他们要通过写信这种方式来交换彼此的关心与祝福，那每一字每一句对他们来说都是一种莫大的鼓舞。

日子过得飞快，转眼已经过了三个月。在三个月后的一个黄昏，安心手中握着可辛的来信，安详地合上了双眼，嘴角边带着一抹淡淡的微笑。她的母亲在她的身边静静地哭泣，她默默地拿过可辛的信，一行行有功力的字跃入眼帘：

"……当命运捉弄你的时候，不要害怕，不要彷徨，因为还有我，还有很多关心你、爱你的人在你身边，我们都会帮助你、呵护你，你绝不是孤单一人……"安心的母亲拿信的手颤抖了，信纸在她的手中一点点地润湿。

安心就这么走了。她走后的第二天，母亲在她的抽屉中发现了一叠写好并封好但尚未寄出的信。最上面一封写的是"妈妈收"，安心的母亲疑惑地拆开信，是熟悉的女儿那娟秀的字迹，上面写道："妈妈，当您看到这封信的时候，也许我已经永远地离开您了，但我还有一个心愿没有完成。我和可辛曾有这样的约定，我答应他要与他共同度过人生的最后旅程，可我知道也许我无法履行我的诺言了。所以，在我走了之后，请您替我将这些信陆续寄给他，让他以为我还坚强地活着，相信这些信能多给他一些活下去的信心……女儿"。望着女儿努力写完的遗言，母亲的眼眶再一次湿润了。她无法克制自己的感情，她觉得有一种力量在促使她要去见这个可辛，是的，她要去见他，她要告诉他有这么一个安心要他好好活下去。

安心的母亲拿着女儿的信，按信封上的地址找到了可辛的家，她看到了桌子正中镶嵌在黑色镜框中的照片里是一个生气勃勃的可辛。安心的母亲怔住了，当她转眼向那位开门的妇人望去时，那位母亲早已泪流满面。她缓缓地拿起桌上的一叠信，哽咽地说："这是我儿子留下的，他一个月前就已经走了。但他说，还有一个同命运的安心在等着他的信，等着他的鼓舞，所以，这一个月来，是我代他发出了那些信……"

说到这儿，可辛的母亲已经泣不成声。安心的母亲走过去，紧紧地抱住了另一位母亲，喃喃地念道："为了一个美丽的约定……"

心灵 寄语

　　有时命运就是这样无情，一对同命相连的病友，他们用同样的方式鼓励着对方，他们把同样的祝福送给对方，虽然他们的生命终结了，但他们的灵魂得以永生。

谁说真爱不在下一个路口

陈麒凌

认识燕妮的那天，程禹记得，其实并没有多冷。

他只穿了一件薄毛衣，袖子还卷得老高，上上下下搬了几趟书，鼻头上部沁出了汗。表哥开的这间书吧叫"达人"，颇受本城知识男女青睐，一年到头搞活动，一年到头总那么多人。这次也是，主题是"图书漂流"，这是国外很流行的阅读理念，就是把自己念过的书附上字条，"丢"在公共场所，期待有人拾起它共享阅读的欢愉，并且继续传递下去。

屋里人太多，程禹热了，独自溜到门廊透气，于是他看到了那个女孩儿，她正仰着头站在海报前，一字一字地读着："不求回归起点，唯愿永久漂流。"

她的背影有点儿厚重，那可能是穿了太多衣服的原因。雪白的羽绒服像大鸟的羽毛，从上到下把她包严，头上半围着一条绒绒的冰蓝色围巾，突然转过头望来，也看不清她的脸，只露出一双清寒的眸子。

程禹热情地笑着："进去吧，快开始了。"这时果然听到一片掌声后主持人的声音，可女孩儿还站着不动，程禹干脆一把抓住她的袖子跑进去。

他们离得很近站在人群里。程禹低下头，就能看清她的睫毛，长长的，有点儿卷。

"你把围巾摘了吧，不热吗？"程禹低声道。

女孩眼皮也不抬："我冷。""还冷？你看我这一身汗！"程禹惊讶地说。女孩慢悠悠地瞟他一眼："我冷。"

然后就是会员签到，程禹紧张地听着。"卢燕妮——""来了。"那女孩儿轻轻应道，程禹这才松了口气，心里急忙紧紧地记住这名字。

满屋子的书，燕妮只选了《心的漂流哪有尽头》，程禹探过头问："这是什么书啊，书名悲悲切切的。"

"我只喜欢这个书名。"燕妮道，要走的样子。在门口，她重新把围巾围上，门角的挂钩牵了她围巾的流苏，程禹上前细心地帮她解下，又笑着说句："没有这么冷吧，我一点儿都不冷。"

燕妮停下，道："因为你的心是热的。"转身就出去了。

程禹愣在那里，他哪里知道燕妮那时的心境。

她的冬天早就开始了，早到那年夏天，满树的蝉声里，细碎的阳光从榕树叶子间掉在地上，都是连不成线的点儿。那天，贺韬约她出来，她的心情很好。贺韬出国的事定下来了，这当然多亏她父亲的提携，要知道公派留学生的名额多么金贵，要不是父亲疼她，架不住她的绝食、撒娇，贺韬就是排到后年也没戏。

"你要怎样谢我？告诉你啊，别想一个吻就混过去！"燕妮红着小脸，眼睛亮晶晶地看着贺韬。

贺韬看着她，眼神复杂："燕妮，我知道怎样谢你都不够，但即使这样，我也无法用一生的爱去答谢你，对不起。"

燕妮惊愕地看着他："换个别的玩笑开好吗？"

"不是玩笑，我的爱不多，而且早给了别人。她早我两年去美国，一直在等我，我必须给她个交代。"

燕妮苍白着脸，一句话也说不出。

听不清也记不得贺韬还说了什么，燕妮只是觉得冷。她摇摇晃晃地回到家，妈妈在厨房里，燕妮哆嗦着靠在厨房的墙上，无力地说："妈，好冷。"

当时室外34度，阳光白热，而燕妮的漫漫冬天却提早开始了。

却说程禹，那次之后就一直忘不了这女孩儿，没有原因，反正一静下来，脑子里自然就是她的样子。

他查到燕妮的地址、电话，但又不敢明着找上去，就装作顺便经过的样子。倒是有几次真的遇见了她，他高兴地大叫燕妮，而她只是淡淡地应，好像对一切都提不起兴致。

但两个人总算是熟了，偶尔也在一块儿散步、喝茶。他们有时说话，有时看风景，程禹带她怎么走，她就怎么走。她还是一成不变地穿许多的衣服，整个人裹在衣服里，只露出一双眼睛，空寂的冷。

这天，燕妮的书总算看完了，打算找个地方"丢"下，让它永久漂流。

程禹陪她坐地铁，起点站，车厢里空荡荡的，灯光雪亮，列车飞速行驶，燕妮低头翻着书，她看书的样子真好看。

"这书讲什么？好看吗？"程禹问。

"不记得了，我看书边看边忘。"燕妮拿出一管唇膏，重重地涂了唇，然后在书的尾页上，印了一个小巧的唇印。"我的记号！"她难得地笑了，很纯真的样子。

程禹心头一热，大着胆子问："燕妮，我……能不能做你男朋友？"

燕妮脸色一白，心里猛地痛了一下，当初贺韬也这么说过的："燕妮，你真可爱，我能不能做你男朋友？"

她眯起眼睛，努力地把痛抹下去，勉强挤出一丝笑意："程禹，我们做朋友好了，别谈爱情。"

程禹红了脸："为什么？我是真心喜欢你。"

又是这句话，难道男人只用这两句，就足以俘获一个女孩子的心？那么容易地骗了来，然后又那么容易地弃之不顾。她的心头浪涛奔涌，眼泪几乎要

冲出来。

海大站到了，很多学生上来，一个栗色短发的女生背着画夹在燕妮身边坐下。

燕妮慢慢道："我不信这些，不会再信了。哪有那么多真的喜欢？"

程禹不甘心："燕妮，我不知道以前发生了什么。但是，我想在你身边，对你好，陪你，爱你，真的想！你给我个机会。"

燕妮站起来，把手里的书留在座位上，下车。程禹紧跟出去，燕妮回过头，戏谑地说："好，我给你机会，但我要和你打个赌，如果刚才丢下的那本书能再回到我手里，我就答应你！"

程禹来不及应，眼睁睁见车门关闭，车厢里，栗色短发的女生好奇地拾起那本书。列车疾驰如风，瞬间不见踪影。

"事实上，那是不可能的，对吧？只有永久漂流，哪能回归起点？"燕妮笑笑，转身。

程禹在她身后忽然喊道："好，我和你赌，我一定把这本书追回来，让你知道，我是认真的！"

燕妮不应，乘着自动扶梯上楼。程禹没有跟上来，他拧着浓眉站在轨道边出神，那样子，有些无辜。

那次之后，很久不见程禹，有时燕妮会想起他，不知他在忙些什么，大概是有了新的目标，把她的难题忘干净了。燕妮笑笑，有些自嘲。

这猜想终于得到证实。周末，燕妮和女友在怡兰咖啡馆闲坐，透过玻璃看广场的喷泉，喷泉边坐着逛街小憩的女孩儿。这时候她看见了程禹，他笑容灿烂，主动向女孩儿们走去，不知说了什么笑话，把大家逗笑了。他果然擅长哄人开心，很快一个秀丽的女孩儿已经和他说得投机，看他掏出笔记本在写什么，是在互留电话吧。燕妮转过头去，她知道，自己是有些在乎的。

不觉这城市已经入春了，空气润润的，树上有了鲜嫩的绿芽，但天气乍暖还寒。燕妮还是舍不得换下冬装。她去海大图书馆借书，路过布告墙，广告招贴满墙飞。有想租房的人上去掀了一张最新的海报，露出底下那张旧的红底黄字，有点儿褪色了，但还是那么醒目。燕妮随便瞄一眼过去，"找一本书，为我所爱的人，只要她不再寒冷，我愿倾注所有的热情"，下面是所找书的书名、记号、遗放的日期、地点，还特别指明当时捡到书的女生是海大站上车的，背着画夹，应该是艺术系的等，最后是联系电话和大大的两个字——"重酬"，时间是……哦，十多天前了——原来程禹努力过的，定是没有结果，所以不敢见她。

燕妮想了想，拨了程禹的电话："程禹，我看见你贴在海大的寻书广告了，很不容易吧！"

那边程禹的声音却很惊喜："燕妮，听到你的声音太好了！我真想你，但是我对自己说，不找到那本书，就不见你，我不要你的心永久漂流。"

燕妮道："算了，不过是个玩笑，你何必当真。"

"当真，我非常当真，我必须证明给你看，就算以前走了不少冤枉路，都不要紧，谁说真爱不在下一个路口？"程禹大声说道，"而且，我都快成功了，怎么可以放弃？"

"啊？"

"是啊，我先在海大打广告，找到那个艺术系的女孩子。她那天是拿了书，但她看完就放在博雅画廊的陈列架上了。我调查了那段时间去画廊的人，有很多是客村的业余画家，我找到了那个拿了书的画家，他是在怡兰咖啡馆看完书的，就顺便留在那儿了。我去怡兰，怡兰的店员说，附近公司的女孩子都喜欢来喝咖啡，喝完咖啡就去下面的广场晒太阳，不过喜欢看书的不多，好像有一个，平时总拎着一个桃红色有加菲猫图案的手袋……"

燕妮的鼻子有点儿酸，她把电话换到左耳边，认真地听着。

"周末下午总算等到那个女孩儿了，果然是她拿走了书，而且非常欣赏这个点子，但是为了让书漂流得更远，她让弟弟把这本书带到了上海。"

"上海！"燕妮惊呼。

"是啊，你以为我现在在哪里，我来上海两天了。一切都很顺利，我找到了女孩儿的弟弟，

他刚刚把那本书留在外滩的长凳上，现在我已经追到了外滩。呵呵，黄浦江真美啊！啊，我看到那本书了，在凳子上呢，哎，不好，捡废纸的老太太也看到了，我回头再和你说。"

燕妮挂了电话，耳朵热热的，脸也热热的，她长长地舒了口气。透过长了嫩芽的树枝看看天，有雨丝，细细的，又温柔又清凉。她不觉跑了起来，雨丝落在她的头发上，亮晶晶的。她越跑越快，越跑越有劲儿，到家的时候，已经出了一身的汗。

在门廊上，燕妮脱掉厚厚的外套，轻快地对妈妈喊着："妈，今天真热，春天真的来了啊！"

心灵寄语

这就是爱情的力量，它能融化一颗冰冷的心。其实人生就是这样，过去的就让它过去。当你扔掉了包袱，即使是寒冷的冬天，你也会感觉到热情似火。或许那一刻，春天真的来了……

初恋的天空飘满无言的痛

佚 名

他来自穷乡僻壤，这是我从他的一个同乡口中得知的。但我不在乎，在十年前，在那个谈不上美丽的大学校园里，我是在一次校文学社的集会上认识他的。

那次集会上女性不多，而我是默默无闻一小卒，独自一人坐在角落里，高山仰止般地望着那些中文系的才子们。其中一个有着一双大眼睛、眉宇间略带悒郁的大男生。那时我偏爱宋词，"绸缪的秋雨"总是在我的世界里滴滴地下，所以，他的悒郁，一下子让我有了知音般的感觉。

轮到他发言时，我的脸就不自觉地红了，我尽量做出低眉顺眼状，以掩饰那无来由的羞红。他的发言字正腔圆，普通话极标准，音质是带点儿磁性的那种。他大谈了一通诸如当今社会文学走势之类的话，深奥得很，更让我做仰视状。

我正独自菲薄着，却突然听到有人点名要我说两句，于是其他人也跟着起哄，说我是校园内的才女，他们已在杂志上看到我发表的诗了。能在那样的杂志上发表诗，是很了不得的，他们一脸真诚地说。巨大的荣耀让我一下子无法消受，我看到他也在两眼亮晶晶地看我。这时的我更是手足无措，讷讷不能成言。他们等了半天，也没等到我说半句话，最后只好温和地笑笑，作罢。在大家都很温和地笑着时，他却很深刻地看了我一眼，那一眼，让我的心，竟很疼地跳了一下。

自那次集会后，我们开始了为数不多的几次交往，交往的内容都是他来向我约诗稿。我写好了就送给他，然后他和他的那帮秀才们进行认真挑选，选登到校文学社的社刊上。我记得有一期社刊上，他们隆重地推出我的十二首诗，还满腔热忱地作了一篇洋洋洒洒近三千字的诗评，这大大激活了我潜在的写作热情，我几乎是一天一首地写，写成一堆了，就送给他看，我们之间语言交流不多，多数是他对我的诗进行评价，只几分钟时间，满溢的都是赞美之辞。我一般是微微笑着听，点头或摇头，不多说话。

在小小的校园里，我们还是很容易就碰到的。我们在同一个操场上做操，在同一个食堂吃饭，在同一幢教学楼里上课，在同一个阅览室看书。每每遇到，我总是竭力混入人群中，避免让他看到，但眼光，却不可遏制地越过人群，一遍遍地把他找寻。

我开始做梦，在大白天。我总是让自己沉入无边的遐想之中。我知道这不好，没来由，于是压迫自己拼命读书、拼命写诗，但他总是防不胜防地跑进我的思绪中来。在那些日子里，我的思绪，是盛开的花，绵绵絮絮、忧忧郁郁地飘呀飘，总也落不尽。

那时，宿舍里的小女生们一个个都在演绎着"风花雪月"，一到周末，全都彩蝶般飞走了。我拒绝着邀请和诱惑，静静一个人，让梦美丽地在空寂的宿舍里开放。我设想着他的突然出现，设想着他悒郁的眼神和磁性的声音。没有玫瑰，那就带一枚树叶给我吧，我一样会喜欢的。无边的遐想，使我那时的心中注满疼痛。

我表面上一平如镜，真的跟他迎面相遇了，我也是一副满不在意的样儿。没有人知道我的秘密，没有。我独自怀抱着它，度过了一个又一个落寞的黄昏和夜晚。

毕业前一天，他突然找到我，让我给他的毕业纪念册上写两句话。他跟我谈了许多许多，是些与感情有关但与爱无关的话题。他告诉我，在每天的晚饭过后，他是怎样看我独自一人往教室走的；他告诉我，在阅览室，他是怎样看我独自一人坐在角落里，入迷地看一本书的；他告诉我，他多想做我的第一读者，他说很喜欢我的诗。最后他告诉我，他的家乡是如何穷困，他的父母是如何艰难地生存着。如果可能，他一定要写一部关于父亲的书，一定！他翻着他的手掌说，手心手背记录的都是苦难啊。

那是一个夏日的夜晚，无月，无风，楼上的灯光朦胧地照着楼下的小径，我轻倚着一棵树，看着眼前的那个人，心中澎湃着千万声回响。

我只想着他说一句，跟我走吧，亲爱的。那么，我一定会毫不犹豫地背起行囊，跟他回他的家乡。我是咬定了想跟他一起去过苦日子的。但一直到最后，他也没说出类似这句话的话来。

我在他的纪念册上写了什么，我已忘了。但他在我的纪念册上写的那句"我相信你会成功，就像相信我自己会成功一样。等待你的好消息"已深深烙进我的脑海，成了永久的记忆。

我在毕业后好长一段时间里，都沉浸在一种无以名状的忧伤之中，那种没有着落的爱的滋味，不好受，那实在是一种摸不着的疼痛啊！

心灵寄语

爱，本应是一首浪漫的诗，懂得作诗的人，应该是懂得欣赏诗的人，也应该是懂得爱的人。可惜，一首浪漫的诗里却缺少了主人公。

爱不在服务区

佚 名

一年前，我的爱情断了线，到现在整整1年零25天了。那是第一次真正爱上一个人，关于他的一切，虽然短暂，从相识到相离13个月零13天，但却让我记忆犹新。

和他的开始没有一点儿浪漫可言，吴是我们俩共同的朋友，有一次去她家玩牌，正好三缺一，吴一个电话就把他招来了。他进来时，穿一件深蓝色衬衫，黑色西裤，戴着度数很高的眼镜，很文雅的样子。吴介绍我们彼此认识，我感觉我们像是很熟识的朋友，只是好久不见。年轻人总是很快就熟悉起来，我和他打对家，我的牌技不好，但手气不错，和他配合得很是默契。之后又有过几次接触，大多也是在吴的招揽之下，大家凑在一起疯玩儿，放松一下心情。偶尔的闲谈中了解到，他也是一个人在这个城市里生活。朋友不是很多，吴的丈夫是他的大学同学，也是很要好的朋友。他一个人无聊时就来她家蹭饭。

"有时候真希望有个像吴一样的家，和一个心爱的人，一块儿做饭、吃饭、吵架、逛街，一定很幸福。"说这话时，他有点儿沉醉在自己的想象中，有一种向往的陶醉。以前我以为这种柔情的话只有女孩儿会说出来，而听到一个大男孩儿这样说，却是第一次，如果说他打动我，可能就是那一刻吧。

也不知道我们是怎样开始单独联系的，反正当我们手牵手出现在吴面前时，她和她丈夫都十分意外，但好像也在意料之中。后来，他告诉我，他喜欢我是因为我的任性而随和的矛盾个性，多次聊天发现我是一个懂得爱、懂得感情的人。天知道，我做过什么会给他这种感觉，反正我们就这样相爱了，而且爱火如炽。开始时，我们天天打电话。像所有热恋中的人一样抱着电话不放，上班的地方离得很远，但我们总是在下班后挤一个多小时的公交，到离我们两个相同距离的一条小吃街去吃饭、散步，然后分别回家。有时候因为塞车，本来一个小时的路程可能要两个小时才到，但我们彼此没有怨言。能在一天的工作之后相视一笑，一块吃饭，足以抵消任何的不快。

三个月后，我们同居了。本来他不同意的，他说他要对我负责，必须结婚之后才可以住在一起。可是，我没办法在每天吃完饭之后，再依依不舍地放他走，好像每一天的告别对我来说都是一种煎熬，虽然第二天我们还会再相见。这一次，我的固执、任性让他束手无策。然后，我们登记结婚，没有举行什么仪式。只是双方的家人朋友聚在一起简单地认识了一下。我们一直认为，所谓的仪式是给别人看的，而且我们也没有能力大肆铺张，相信有爱，我们就什么都有了。我们终于过上了他所说的生活：和一个心爱的人一起做饭、吃饭、吵架、逛街，而且乐此不疲。两个人的想法总是出奇的统一，对于事情的看法也常常不谋而合，当然偶尔也有纷争，但那只是生活的小小点缀，稍纵即逝。夜里睡在他身边，我常常从笑声中醒来，然后看着身边的他，就不愿再睡去了。有很多个夜晚，我就是这样为他失眠——他紧锁的额眉，偶尔的梦呓往往叫着我的名字，然后无意地伸出胳膊，让我蜷缩在他的臂弯里……

每天早上上班，我们总是相拥而别，这渐渐成了我们默守的习惯。就像每天必须吃饭一样，从不曾落下。他比我早半小时出门，每次总是把我从被窝里抱起，看我收拾一阵，再出门上班。偶尔他也会有例外。坏坏地掀起被子，大叫：曝光了。我只有很无奈、很幸福地任他捉弄。

后来，为了方便联系，他送给了我第一部手机，那是除结婚戒指之外，他送给我的最贵的礼物。之后我们就天天给彼此发短信，只要不在一起的时间，只要是稍有空隙，就说些让彼此心动的话，问候一下彼此的生活，那种亲密与关心，就仿佛是一坛陈年老酒，让我们彼此沉醉不醒，余意悠然。

有一次，我去天津看一个朋友，之前告诉他，可能要在朋友家玩儿一两天，他有些不舍但还是点头答应了，并且提醒我不要关机，随时联系。朋友住在一间简陋的地下室里，因为很久没见，那晚我们聊了很久，很晚，差不多三四点的时候才有了倦意。在快要进入梦乡的时候，被"咚咚"的敲门声吵醒了。谁呢？这么晚？开门时，他和另一个朋友赫然站在门口，看到我，像瘫了一样，顺着门框滑坐下去，脸色苍白，好像经过了一件很可怕的事，我吓坏了，急忙蹲下扶住他。

"都是让你吓的，"同行的朋友对我说。

"他给你发了无数条短信，不见你回应，晚上应酬完工作上的事回家打你手机，总不在服务区，以为你出了什么事，叫我连夜开车送他来这儿找你。我说没事，他还不信。"这才意识到，朋友的地下室信号不好，而我们一直在里面聊天，却唯独忘了他。

"以后再有这样的事，我宁愿你杀了我！"他爱恋而满脸激愤地看着我，突然又紧紧抱住我，差点儿箍得我窒息过去。然后，有液体落在我肩上，烫烫的，他吓哭了……

一年后的现在，我还原了单身，过着一种波澜不惊的日子。

偶尔也会有人走近身边。用

一种爱怜有加的眼光试图读懂我，有时候，我恍惚地以为是他的替身，他舍不得我，回来看我了，只是稍一静下来，就有了一种背叛的感觉。他已非他，我却还是我，关于爱情的定义原来只适用在他的身上。慢慢地，我学会了与别人调侃感情。用一种无所谓的语气，用一种旁观者的身份和朋友谈感情的事，但都谈的是别人的，自己的却是一片空白。

夜里还常常像以前一样醒来，有时根本就不曾睡，也会习惯地看着身边那个空空的枕头。虽然已经早没有了他的体温、体味。累了，也会习惯地蜷缩着身体，但却没有了他的臂弯做我的枕头……闹钟成了我最好的朋友。代替他每天准时叫我起床，有时候会不由自主地掀起被子让自己曝光，但瞬间就惊醒了。

一年后的现在，我还用着他给我的手机。也常常收到一些短信，朋友的、亲人的，只是没有他的。有时去偏远的地方，也去过以前那个朋友的地下室，但我总是急急地回来，等他给我发短信，等他打来的电话。

一年又25天前，我像往常一样在门口与他拥抱、吻别，延续我们每天的习惯。

那天他要和一个同事出差去外地。要三天才可以回来，我们从来没有分开过三天，所以真的有点儿不舍，所以那天的拥抱我们花掉了以往拥抱三次的时间。他笑着说："我要把明天、后天的拥抱先行享受了。"

在路上的时候，他给我发过两次短信：亲爱的，我们已经出京了，我开始想你了。

宝贝，这儿是山路，信号不太好，晚上到了再给你电话吧。

然后，我就很幸福地等着他的电话，等……

可是再也没有等到。

后来，我给他打电话，"对不起，您呼叫的用户不在服务区。"

我开始给他单位打电话，给他的同事、上司、朋友，给同行的同事的家里打电话，找一切可能联系到他的人，然而，一切都是徒劳的，我忽然有了一种被世界抛弃的感觉，整个人像从地球上飞旋了出去，我找不到他也找不到自己。

23个小时之后。有人告诉几近疯狂的我：

在一个急转弯时，由于路线不熟，他们的车与另一辆车撞了，翻下了山。同行的三人中有两个再也没有回来，一个永远也站不起来了。

送他走的时候，我没有哭。现在也没有，我还是依旧在等他的电话。

后来，我去了他出事的地方，在那个山崖下找了两天，都没有找到他的手机。

我每个月都会按时替他交费，每天都会打一次他的手机，发一个短信。

每一次，我的爱情都回应我："您的用户不在服务区。"

心灵 寄语

甜蜜的生活，被残酷的车祸断送了。曾经的花前月下，曾经的甜言蜜语，都毁于一旦。珍惜已经拥有的一切，不要让爱情呼叫转移，不要让爱情不在服务区。

真爱无敌

有的男人在金钱面前不会动心，可是在美色面前就把握不住自己。真爱一个人就要把心全部交给对方，即便是她已经离他而去。因为她的温柔，她的体贴，她的容貌，她的一切都深深印在他心中，挥之不去。而他用心忠实维护着这份感情，只因在乎，只因爱！

爱情是一个人的事

彭秀忠

半个世纪前，年轻而才华横溢的他爱上了一个有夫之妇。那个女子，风华绝代，举世无双。

她的先生，那个出身名门的著名建筑学家知道了，诚恳地对她说："你是自由的，如果你选择了他，我祝你们幸福。"

他辗转听到了这句话，找到她说："你先生是真正爱你的，不比我爱得少。我不能伤害他，我决定退出。"他这么说，只不过是给自己找个台阶下，因为她的沉默就已经是她选择的答案了。

自此，3个人竟做起了好朋友。这一做竟是一生一世的好朋友，他因此终身未娶。他没能做她永远的爱人，却做了她永远的邻居。

他们夫妻有了难题就去请教他，吵了架也去找他评理。他是他们真正的良师益友，他也是她忠贞不渝的单恋者。

他的爱情，注定从遇见她的那一刻开始，就成了自己一个人的事。他一生守着自己的爱情，与她比邻而居。这样的爱情，空前绝后。爱她，却不打搅她的生活，只是站在离她最近的地方，看着她幸福。

但这样卑微的幸福，他也没能拥有终身。她用她短暂的生命，再一次印证了红颜薄命。去世时，她年仅51岁。追悼会上，平时性格坚强的他，哭成了一个泪人。他对她说："极赞欲何词？"其实他应该说的是："极爱欲何词？"

她死后多年，她的先生已再婚，但一直独身的他有一天却突然邀了好友聚餐，大家不解，问是什么日子，他才郑重宣布："今天是她的生日。"众人唏嘘不已。

偶然的机会，有人拿了一张她生前的照片，问他当时的拍摄背景。他接过去，久视不语，末了才抬头，孩童似的期期艾艾地乞求道："给我吧！"那人答应了，并请他为她写上一段文字，他说："我所有的话，都应该同她自己说。我没有机会同她说的话，我不愿意说，也不愿意有这种话。"那一年，他88岁，已是一个行动不便的耄耋老人。

深爱至此，夫复何言？

爱情不关任何局外人的事，除了对她说、对自己说，还有什么人有必要知道？这是爱情最起码的尊严和凝重。

这个男子，就是大名鼎鼎的哲学家金岳霖。

而他一生钟情的女子，乃一代才女林徽因。

心灵 寄语

这是怎样的一种爱？为了她，他可以一生不娶，为了这种爱他可以厮守终生。我不知道这是可赞还是可叹！然而，我却久久地被他打动。为了一个可望而不可求的情字，他却用一生演绎了一出华丽的一个人的爱情悲剧。

如果上天再给我一次机会

佚 名

爱是什么？我不知道，只知道它有一种让人很幸福的感觉，之后就是无尽的痛苦，可能就是痛苦的吧！

两年前，我在一家国有大型企业工作。那儿有一个比我大两岁的女孩儿，眼睛大大的，鼻子高高的，一副让人喜欢的样子，她总是缠着我，要我和她一起玩儿。慢慢地，我们由相识、相知到相恋，一步步走到了一起。我们一起嬉戏，一起工作，一起学习！那时我觉得生活真是甜蜜，日子真是美满，让我深深地感到什么是爱，什么是幸福！

也许是不成熟的原因吧，在幸福之中难免有点儿意外。两人都没有经验，但都能一起度过。时间过得真快，一转眼又过了一年，我决定不在这家企业工作了，于是我要走。那天，她对我依依不舍，因为不能每天都和她见面，我也心情烦躁，这样不幸的事最终还是发生了！在最后的一天我和她吵了一架，也许这也预示着我们要分手了。

离开了企业的我，找了另一份工作，全心全意地投入事业之中，但在工作空闲时候还总是想想曾经属于我的女孩儿。我还是爱她的，但是我没有勇气去找她。就这样，又过了一年。她还在那家企业中，我还在进行我的工作，还是在空闲的时候想想她。她还爱我吗？也许爱，也许不爱，这对我来说已经不重要了，我已经默默地下了决心，只要她还没结婚，我就不会找女友，我会等她，直到她得到真正的幸福。为了她，我拒绝追求我的女孩儿，拒绝到外地发展的机会，但直到今天……我发现我已经永远地失去了她！

我以前的同事对我说，她马上要辞去工作，到广州去，可能再也不会回来了！

这无疑是一个晴天霹雳，打得我呆了。我不知道说什么，我也没有办法说什么，我的心情极度不平稳，我的泪水在眼眶中打着转。我极力忍住泪水，深深吸口气，又长长叹口气。心太痛，痛得我的嘴在抽搐，我没有办法说话，只能听见话筒另一端的急促的呼吸声！我太了解她了，她的决定说明了一切，而且是不能改变的一切！相识、相恋的情景浮现在我眼前，想到她第一次说她爱我，第一次接吻，第一次出去玩儿……回想起她对我说话时怕羞的样子，对我百般的照顾，对我温柔的样子……我的鼻子一酸，泪水哗哗地流了出来。我好伤心，泪水不停地流，尽管我的大脑发出指令："不能哭，你是男孩子。"可是身体不听指挥，也没办法听见指挥，因为身体已经麻木了。我后悔，我实在后悔，但哭泣有什么用呢？

我仰天大叫一声，为什么……

我恨我自己的软弱，我恨我自己的无能，我恨我自己的孩子气，我甚至想让所有人指责我：一个胆小没有勇气面对问题的弱者！

我恨我自己，为什么不早点儿成熟，为什么不懂她的心，为什么……

现在的我和以前的我不同了，我在变，我在努力成为你心目中的人，你为什么又要离我而去？你曾经十分忧郁地说过，你什么时候能变得成熟呢？当时我不知道成熟是什么，怎样才算是成熟。你又对我说，成熟就是少说话，多做事等！哦，我点点头，其实当时我还是不知道是什么。可是我现在已经知道了。我会保护你的，我也不再花心，我会脚踏实地地工作，我会了解你的感受，可是这一切有用吗？我让谁去体会我的温柔，让谁体会？

难道要我就这样忘了你？

我打开CD机放入CD盘，在歌声中，我又一次流下了男人的眼泪，流得那样伤心、那样深情。可是这一切都没有人知道，没有人体会！

你对我说过，据统计，初恋的成功率只有10％，甚至还要小。我说，我一定会努力让我们成为10％中的一分子。你听了十分高兴，可是只是短暂的高兴，然后又恢复了忧郁，是不是你早知道有今天了呢，你知道我们一定没有未来吗？

曾经有一段真挚的爱情放在我面前，我没有珍惜，如果上天再给我一个机会，我一定会说我爱你，如果非要给这个机会加一个限期，我会说一万年！

我真的爱你，爱过之后才知道……

心灵寄语

爱一个人真的好难，因为你不珍惜曾经的拥有，爱就会离你越来越远，后悔则晚矣。爱一个人其实也不难，只要你执着用心，紧紧抓住爱不放手，而这就是人们所说的珍惜。那么，如果上天再给你一次机会，你还会爱吗？

真爱无敌

佚 名

酒店，烛光晚餐。桌两边，坐了男人和女人。

"我喜欢你。"女人一边摆弄手里的酒杯，一边淡淡地说。"我有老婆。"男人摸着自己手上的戒指说。"我不在乎，我只想知道你的感觉。你，喜欢我吗？"

意料之中的答案。男人抬起头，仔细打量着对面的女人。

24岁，年轻，有朝气，相当不错的年纪，白皙的皮肤，充满活力的身体，一双明亮的、会说话的眼睛。真是不错的女人啊，可惜……"如果你也喜欢我，我愿意做你的情人。"女人终于等不下去，追加了一句。"我爱我的妻子。"男人坚定地回答。"你爱她？你爱她什么？现在她应该已经年老色衰，见不得人了吧。否则，公司的晚宴，怎么从来也不见你带她来……"女人还想说，可接触到男人冷冷的目光后，她打消了这个念头。

"你喜欢我什么呢？"男人开口了。"成熟、稳重，动作举止很有男人味儿，懂得关心人，很多很多。反正，和我之前见过的人不同，你很特别。""你知道三年前的我是什么样子？"男人点了一支烟。"不知道。我不在乎。""三年前，我就是你现在眼里的那些普通男人。普通大学毕业，工作不顺心，整天喝酒发脾气，对女孩子爱理不理。""那怎么……"女人有了兴趣，想知道是什么让男人转变的。"因为她？"

"嗯。她那个人，好像总能很容易就看到事情的内在。她教会我很多东西，让我别太计较得失；别太在乎眼前的事；让我尽量待人和善。那时的我在她面前，就像个少不更事的孩子。那时真的很奇怪，倔脾气的我，只听她的话，按照她说的，努力工作。那年年底，工作上稍微有了起色，我们结婚了。"

男人弹了弹烟灰，继续说着："那时，真是苦日子。两个人，一张床，家里的家具也少得可怜。结婚一年，我才给她买了第一颗钻戒，存了大半年的钱呢。当然，是背着她存的。若她知道了，是肯定不让的。那阵子，烟酒弄得我身体不好，大冬天的，她每天晚上睡前还要给我熬汤喝。那味道真好呀！"男人沉醉在回忆里，忘记了时间，只是不停地讲述着往事。而女人，也丝毫没有打扰他的意思，就静静地听着。等男人注意到时间，已经是晚上10点了。

"啊，对不起，没注意时间，已经这么晚了。"男人歉意地笑了笑，"现在，你可以理解吗？我不可能，也不会做对不起她的事情。""啊，知道了。输给这样的女人，心服口服喽。"女人无奈地摇了摇头，"不过，我到了她的年纪，会更棒的。""嗯。那就可以找到更好的男人，不是吗？""很晚了，家里的汤要凉了，我送你回去。"男人站起身，想送女人。"不了，我自己回去就可以了。"女人摆了摆手，"回去吧，别让她等急了。"男人会心地笑了笑，转身要走。

"她漂亮吗？""嗯……很美。"男人的身影消失在夜色中，只留下女人，对着蜡烛，发呆。

男人回到家，推开门，径直走进卧室，打

开了台灯。沿着床边坐了下来，"老婆，已经第四个了。干吗让我变得这么好？好多人喜欢我呀！搞不好，我会变心呀！干吗把我变得这么好，你自己却先走了？我，我一个人，好孤单哪。"男人哽咽地说着，终于泣不成声。眼泪，一滴滴从脸颊流下，打在手心里的相框上。昏暗的灯光中、旧照片里，弥漫着的，是已逝女子淡淡的温柔。

心灵寄语

　　有的男人在金钱面前不会动心，可是在美色面前就把握不住自己。真爱一个人就要把心全部交给对方，即便是她已经离他而去。因为她的温柔，她的体贴，她的容貌，她的一切都深深印在他心中，挥之不去。而他用心忠实维护着这份感情，只因在乎，只因爱！

放手，也是一种爱

佚 名

　　她恋爱了，在大学校园里挎着那个男孩儿的手，笑靥如花。同学们碰见，当面就表示羡慕："你男友真帅啊，真是天生的一对儿！"男孩儿的脸微微红了一下，腼腆地低下头。

　　男孩的确眉清目秀，玉树临风，但是她更喜欢他的这份青涩，透着一股纯纯的爱。

　　三年后，她即将毕业，带着男孩儿回到县城的老家，面见父母。

　　谁知道，父母问明男孩儿情况后，面色立刻变得阴冷。男孩儿临走时，她的父亲说："请把你提的东西也带走，我们不需要。"

　　男孩儿面红耳赤地说："伯父，您尽管放心，我会好好照顾您女儿的！"父亲冷笑着反问："你只是个做点心的，我女儿是大学生，你能给她幸福吗？"

　　平生第一次，她居然大声呵斥父亲："爸爸，你怎么这么说话！"还没反应过来，她已经挨了重重一个耳光，脸肿得老高。父亲瞪着她："这是我第一次打你，但如果你不听话……在他和我们之间，只能做一个选择！"母亲则眼泪涟涟，苦苦相劝。

最后，女孩儿哭着送男孩儿去了旅馆。

回到家后，她明确表示不愿意放弃这段恋情，甚至绝食反抗。父母把房子锁了，她就从窗户里爬到隔壁阿姨家，偷跑出来，去小旅馆找他。他仔细看她，轻轻抚摸着她脸上红肿的指印，忍不住落下泪来，半天说不出话。

当年，他们是在校园附近的西饼屋认识的。她爱吃巧克力棒和草莓蛋糕，爱穿白裙子，爱笑，和店里的人很快就熟了。他是店里有名的点心师，看见她就会脸红。

有一天，店里人很少，他现场制作了蛋挞，在上面放上了一颗葡萄干，特意推荐给她，轻声地说："这是公主蛋挞，我觉得很适合你。"她瞟他一眼，他脸红得像水蜜桃，她吃了一口蛋挞，香甜可口，温暖四溢，一直甜到心扉——这就是初恋的滋味吗？

镶有葡萄干的公主蛋挞一直是她三年的专属，甜蜜了她整整三年。现在，痛苦也来得惊天动地。一向孝顺的她实在不忍心看着父母以泪洗面、日渐憔悴，每每说起父母她就抽噎个不停，却仍握住他的手："没关系的，我们还是要在一起！"

当她第六次偷跑出来去旅馆，服务员却交给她一个小小的纸叠千纸鹤，说那个男生已经退房走了。

她心慌意乱，不知所措。那段日子，她几乎天天失眠。当她终于拿到路费去省城的西饼屋找他时，他已经辞职走了。她几乎夜夜哭泣。再后来，她终于消退了对他怯懦的痛恨与绵绵的思念，和公司里收入丰厚的部门经理谈恋爱了；再后来，她嫁人生子了，周末能够坐在自家的小车里一家人去郊游赏花。

岁月明媚，生活圆满。初恋，只剩一道淡淡的痕，唯有那只纸鹤，她仍夹在自己的日记本里。已过6年，她倒腾旧物，忽然看见那只千纸鹤，有点儿怅惘，竟不自觉地拆开，犹如拆开自己一度无解的心事。

里面却是有字的，密密麻麻，写得缓慢细致："希望一辈子让你做我幸福的蛋挞公主，但带给你的却是痛苦。你每次来都会更瘦，我心疼死了。那三个月我私自找过你的父母很多次，苦苦哀求，毫无结果。不忍让你如此挣扎矛盾，我

只有先行退出，让你彻底忘了我，才有空白填补新的幸福……"钢笔字迹是模糊的，因为被他的泪水浸湿过。

她想起父母当年说，他从不争取，一走了之，算什么男人？

现在说这些再也没有用了，可是，她还是忍不住给母亲打了电话："他当初找过你们很多次吗？到底谁在说谎？"母亲沉默了很久，居然叹了口气，悠悠地说："他还真是痴情的孩子。"

他的确无数次地找过她的父母。最后一次的情形，她的母亲记得一清二楚。

"他当时黑着眼圈，衬衫晃晃荡荡的，有点儿魂不守舍地说：'我准备离开她了，再不联系她，让她彻底忘了我，但是——伯母，今后我会给您打电话，请您告诉我她的近况好不好？要不然，我担心自己忍不住去找她。'头一年，他一周打一次电话。他慢慢知道你谈恋爱了，结婚生子了，就半年打一次电话。他特意叮嘱我，别让你知道，省得挂念。他的电话是从天南地北打来的，没有固定的城市。前三个月，他最后一次打来电话，说他也想成家了，说他遗忘的速度远远没有你快，但是，心里终于有一点儿空白了。"

她在这边听着，泪水流了满脸。

心灵寄语

相爱的人却永远不能够在一起，这是一件很痛苦的事。有的人为了爱却要选择放弃，因为他一个人的退出，会让她不再为爱纠结与痛苦。爱有很多种方式，如果你得不到，那么就暗暗地为她献上祝福吧。

一生一世的等待

王新龙

　　鱼浦县，北方一小镇。

　　淅淅沥沥的雨一直没有停，整个村庄还在酣睡，一个小院子里却亮了一晚上的灯火，桌上忽明忽暗的烛火似乎也在倾诉着它的焦躁不安。

　　那是男人走的前一天晚上，女人也流了一整晚的泪。

　　"中举，你不要去，好吗？"女人抱着最后一线希望。"不行啊，听张将军说敌人已经逼近城南县境了，国事要紧，再说张将军的大恩大德，我无以为报，这次实在是再无法推脱了。"男人叹了一口气。"那，中举，打完仗马上回来好吗？你知道，我和孩子需要你。"女人泪眼迷蒙，央求男人。"只要是一有空我就赶回来。很遗憾，我不能照顾你们了。最让我放不下心的，就是你和孩子。或许等局势平稳一点，我会把你们接去。"烛光摇曳中，男人的话语中竟有一丝呜咽，他望着对面泣不成声的女人，内心终有一丝不忍。"我们等着你，死都要等着你。"女人望着男人，目光坚定。男人赶紧封住她的嘴，示意她别再说。男人无奈地看着妻子和熟睡的一双儿女，依依不舍，唯有一看再看。

　　天开始亮了，两人一夜无眠，千言万语总也没说完。雨停了，院外传来几声马蹄声，那是张将军派来接他的队伍已经准时到达。事不宜迟了，中举俯下身，一吻再吻还在熟睡中的孩子，咬咬牙一扭头走出小小院子。

一骑人马绝尘而去，留下女人在村口痴痴的身影，泪水早已沾湿衣衫。

两个月后，张将军部队战败，大部分将士被俘虏，死伤惨重。敌人长驱直入，鱼浦县被战乱祸及，百姓开始流离失所。

两小儿在院中玩耍，女人独自一人在屋内暗自神伤。当听说张将军兵败城南，不知男人下落的消息时，女人竟有些把持不住，一阵晕眩，差点儿从座位上栽倒下来。自男人走后，经常有口信回来，报告最近的时局战况。而这次在许久都杳无音信后得到了这一骇人消息，女人柔弱的心里早已是千疮百孔。如何面对这将来的生活，女人一筹莫展，有些无所适从。邻居王叔、赵婶等几家早已携儿带女远远逃离，唯恐敌人来后烧杀掳掠，无恶不作。

女人不想走，她决定留下来。男人现在一点儿消息都没有，万一她走了，人海茫茫，男人到哪儿去找她呢？留下一线希望总比没有希望好。她要坚守在这儿，等着丈夫归来。

"嫂子，我们一起快逃吧。敌人快打进来了。"村东头的马成仁三天两头过来不住地劝女人，"听说我林哥已经不在了。""呸！你滚！我丈夫没有死！他不会有事的！"女人平日里温柔贤静，此时却暴跳如雷。马成仁是村里的一个二流子，经常打些单身女子的坏主意，见讨不着半点儿便宜，脸涨得血红，愤愤地离开了。

月夜，一轮圆月有如玉盘，冰清玉洁，月光下映衬着女人的脸，美丽但相当苍白。"中举啊中举，你要还在的话，把我们娘仨儿都接走吧。"女人望着满天星斗，自言自语道。自男人走后，女人内心的凄苦，唯有对着天诉说了。想起一双无知的儿女和生死未卜的丈夫，她不禁潸然泪下。

在这兵荒马乱的动荡时节，女人坚定的心反而使自己更加刚强起来。最初，院子里一阵风吹草动，都会让她心惊肉跳，死死搂住两个孩子。

后来，她安之若素，坦然面对即将来到的所有遭遇。她心中只有一个信念，她丈夫没有死，所以，她要等丈夫平安归来。

不死心的马成仁有两个晚上竟偷偷跑来敲门："嫂子，快开门啊，我是成仁，嫂子一个人在家害怕吧，我来陪陪嫂子。"女人又羞又怕，并不搭理他，又返身到厨房拿了一把刀藏在身边，只等万一这歹徒破门而入后与之抵抗到底。那厮到底没多少耐心，几次没有得逞，见女人如此坚决，没有更多造次，最后怏怏而去。

小小的村落到后来几乎是空无一人了，只留下女人孤儿寡母三人。

战争没有平息，战火依然炽盛。

这晚，他正在帐内掩卷沉思，忽然看见女人摇摇而来，牵着两个小孩子，几年不见，女人依然美丽如初，两个孩子明显长高长壮了。他喜出望外，忙招手迎接。女人却不答话，牵着小孩儿一言不发，绕过他继续前行，他急得大声呼喊，女人却不回头，他又急又气，想追上前去，脚步却如灌铅一般，一步也迈不了。忽然头一沉，撞到桌上发出一声闷响，他才发现是南柯一梦。听说鱼浦县亦沦陷，家中妻儿不知身居何方，心系妻儿生死存亡，中举内心自是万分挂念，却苦于不得一见。他亦曾派人到故居接妻儿，来人却告之，当年的家园被焚烧一空，早已经是人去房毁。

前尘似梦，一行清泪，慢慢地从中举脸庞滑落。帐外，片片白雪悄然飘落，大地一片白茫茫。

第二天，队伍继续起程南下。

一骑人马穿林而出，被眼前一奇异景象所惊呆，只见一座庭院的残垣断壁的前院竟开出了一大片火红火红的花，在白雪的映衬下分外耀眼！林中举甚为惊奇，立即差人询问，少时，请来附近村内一六旬老妪。

老妪告之："此院曾住着一位寡妇和一双儿女。在战乱中，听说寡妇的男人出去打仗，

后来战死在战场上。后来寡妇逃难逃到这里，住在这破屋里，死心踏地地等着那个据说是早已不在人世的夫君，后来死后归葬在这院子里，两个孩子亦不知去向。

第二年，这院子里竟长出一种花，谁都从没见过的花，这花长得奇，也开得奇，枝繁叶茂，无论寒冬腊月，还是三伏天，每个月总是会开出红艳艳的花，十五开花，月末凋谢，曾有人疑为妖孽，欲除之，而路人皆远远避之。

我与那寡妇交道过几回，是一温柔贤惠但性情刚烈的女子，重情重性，她说她本不想逃，死都等她丈夫归来。只是不想一场大火将他们的房子烧毁，她和孩子死里逃生，过着苦不堪言的日子，命苦啊——那孩子！"老妪已是老泪纵横，竟说不下去了。

"那女人姓什么？"中举急着打断老妪，声音竟有些颤抖。

"她姓什么我也不知道。据说她死去的丈夫姓林——"

"月红！月红——"中举突然发疯似的，跌落下马，滚在雪地里。下将不明所以，均大吃一惊。

"老天哪老天，你为何如此捉弄我！"中举扑倒在雪地，泪水雪水汇成一块儿，其声凄厉，远处雪地中觅食的小鸟被吓得扑扇翅膀飞上云霄。

过了许久，中举起身摘下碗大的一朵红花，护在胸前，久久地不忍离去……

心灵寄语

敌人的铁蹄正在践踏祖国的领土时，有多少血性男儿抛妻弃子，奔赴前线。因为他们怀揣着一个信念——保家卫国，同样，他们的妻子恋恋不舍地送走丈夫后，她们也怀揣着一个信念苦苦地盼望爱人的凯旋。我们不该忘记，国旗之所以红得那样美，是因为其中有他们鲜血的颜色。

蝴蝶蝴蝶，你爱过吗

雪小禅

1

我知道，所有男孩儿都喜欢倪晓薇。

倪晓薇是我的好友，从小到大我们情同手足，但一直，我是她的陪衬。有些女孩儿天生会是一些漂亮女孩子的陪衬，而我就是她的陪衬，我的平凡与普通更衬托出了她的不俗——她高高的洁白的额头、修长的腿、如瀑的长发、美丽眼睛似一潭秋水，不，这些还不够，她还有足够的聪明，我们班的第一名总是被她拿去，尽管我很努力，可是我只拿第二名。

有很多男生接近我，我知道其中的原因。他们问我，倪晓薇喜欢什么颜色？倪晓薇喜欢吃什么？虽然他们问我的时候装作无所谓，可我知道他们喜欢倪晓薇。

我没想到顾卫北也会喜欢倪晓薇。

这太出乎我的意外，真的，他怎么能喜欢倪晓薇呢？他多么狂野呀，而且，他是老师眼中的坏学生，他打架、吸烟、喝酒，甚至还跳学校的墙头去看电影，这使他一个人坐在最后一桌。

他的眼神阴郁，喜欢捧一本卡夫卡看，文科班的学生，如他一样有灵气的人不多，我看过他写的文章，他不是不聪明，只是不屑于学习。

如同无法想象他迷恋倪晓薇一样，我也不可救药地迷恋上了顾卫北。

当我语气里流露出对顾卫北的好感时，倪晓薇以奇怪的眼神看着我说："小莫，你不会喜欢他吧？他那种小子怎么可能让你喜欢呢？你看那副流氓样子，让人瞧了就想开除他！"

这就是倪晓薇对顾卫北的感觉。但有一天顾卫北在路上拦住了我。当时我心里怦怦地跳着，我以为，他要对我说什么。

他的确给了我一封信，鬼魅地笑着，充满了野性的美，他穿着飞着边子的牛仔裤，张扬的脸在黄昏里更加英俊动人，真的，他的身材怎么会那么好呢？一米八的身高，加上一张类似三浦友和的脸。我深深地迷醉着，在夕阳中看着他，发着呆。

是给倪晓薇的情书。他说："请你，请你帮我这个忙。"

我无法拒绝他。

"好。"我说，"我试试。"其实我知道倪晓薇不喜欢他，可是，我怎么忍心告诉他、伤害他呢？

那时，我们还有四个月高考。我知道这样心猿意马是不对的。可是，我怎么管得了自己呢？

顾卫北等来的判决很残忍，倪晓薇居然把顾卫北的情书贴到了教室的墙上，当顾卫北路过倪晓薇身边时，倪晓薇冷笑着说："什么时候能轮到你给我写情书呢？你想想，我们是一个世界的人吗？"我的心缩成了一团，我看着顾卫北，感觉他的眼睛里全是冰凉，那么冰、那么凉，如一口井一样深。我的手紧紧地握在了一起。倪晓薇，你太过分了。

顾卫北转身走了，留给我一个孤独的背影，我趴在桌子上好久好久，顾卫北的受辱好像是我的受辱一样，我心里的难过并不比他少。

2

当北师大的录取通知书交到我和倪晓薇手里时，倪晓薇高兴地说："小莫，我们又能在一起四年了。"

她说："我舍不得离开你呢。"她没有提顾卫北半个字，也许那样的男生在她眼中只是过眼云烟吧，可是我，我如何能轻易就忘掉呢？

之后，传来顾卫北的消息却越来越不好，他落榜了，成了社会闲散人员，他常常喝醉酒，还常常打架，据说，有一次公安局把他还抓了起来，也许那次情书张贴把他的自尊全抹杀了吧，或者，他觉得自己根本就是个没用的人？但这样下去他会毁了自己的！

我给他写了第一封信，我知道用什么方法可以激励他！

那封信，我是以倪晓薇的名义写的，我说，顾卫北，原谅我，那时我年少气盛，所以，做了一件错事，请你一定要努力啊，明年，我等待你的好消息。

我相信他会回信的，因为他是真的很爱很爱倪晓薇啊。

果然，一周之后，我收到了顾卫北的回信，他写道：谢谢你啊倪晓薇，因为你的那封信，我已经决定回去复读了，请相信我的聪明和我的努力，我一定给你一个满意的答复。

我说好，并答应以后每周我都会写信给他。

从那以后，每周我都以倪晓薇的名义给顾卫北写信，给他寄复习资料，半年之后，顾卫北给我寄来了他的成绩单，他以不可思议的成绩交了一份满意的答卷，期

中考试，他是全年级第一名！

这一切，倪晓薇并不知道，她上大学以后又成了校花，照样那样忙，忙文学社、学跳国标……她的时间总是那么挤，当然，她也开始谈恋爱，男友换了一个又一个，她总是挑三拣四，环肥燕瘦，好像总是不如意。

一年之后，顾卫北以我们难以想象的成绩考上了复旦大学，倪晓薇听到这个消息时吃了一惊，但只是说了句："不会吧？"但转眼，她就又忙着和男友去约会了。

但顾卫北给我的信却说，倪晓薇，我爱你，从你给我的第一封信开始。所以，不要离开我，你如果离开了我，我所做的一切都将毫无意义，我将会退学，继续自己的流浪生涯。

为了顾卫北，我继续扮演倪晓薇，我也为顾卫北订了三条规则：一、不许和我通电话，因为我喜欢写信这种古典方式；二、不许见面，除非四年之后我们考上北大的研究生，因为我想先读书；三、把我们的秘密维持下去，这是两个人的爱呀。

那是我怕暴露自己而提出来的三条原则，没想到顾卫北想也没想就答应了，他说，四年之后，北大见！

此时的倪晓薇，正忙着谈第n次恋爱，没有办法，她总是这样惹得男人为她赴汤蹈火，而男人们在她面前，也全然没了自尊。但我仍没有告诉她顾卫北的事情。

3

三年，三年内我和顾卫北写了多少封情书呢，我是给自己的心上人写的，而顾卫北，全然把我当作了倪晓薇，如果他知道我是小莫，他肯定是不会再写了。

　　自始至终，这是我一个人的爱情战争、一个人的独角戏，唱到曲终人散的时候，我知道自己终将谢幕。

　　第四年，顾卫北果然如他所言考上了北大研究生，而我去了北京一家外企公司，倪晓薇，去了天津一个小公司里做广告，一切，与五年前有了那样的不同。

　　寒假时，倪晓薇来电话，她说班主任于老师请大家回去，她要同我一起回去。

　　我说，我要加班，你回吧。

　　我没有想到倪晓薇和顾卫北会在那次聚会中相见，当倪晓薇看到顾卫北的一刹那她呆住了，顾卫北与五年前似脱胎换骨一般，那样逼迫得让人无法呼吸的英俊和帅气，复旦和北大带给他的气息让他卓尔不群，倪晓薇几乎一刹那就后悔了，是的，她后悔错过了他！

　　可是，顾卫北却把倪晓微看成了信中的"倪晓薇"，他在酒后冲动地拉起了她的手，然后把她拖进舞池中，所有人都说，他们几乎是天造地设的一对！

　　顾卫北说："倪晓薇，你答应过和我一起跳舞的。"

　　倪晓薇茫然地听着，但心中却是喜悦的，她没想到，千帆过尽之后，自己的爱原来在这里。

　　他们开始了真正的恋爱，一个月之后，倪晓薇打电话说："小莫，知道我和谁恋爱了吗？"

　　"顾卫北呀。他吻我了，他说，明年，明年我们就结婚吧。"

　　我呆立在窗前，我知道，早晚有一天会是这个结果的，美人鱼会变成蔷薇泡沫，而毛毛虫变成蝴蝶的刹那，蝴蝶已经老了！

　　"祝福你，"我噙着眼泪说，"亲爱的倪晓薇，好好珍惜顾卫北吧，他值得你一辈子去珍惜。"

"还是你说得对啊，"倪晓薇说，"当时，你就觉得顾卫北一定特别出色，对吧？看来，还是你慧眼识君啊！"

我擦了擦眼泪说："不，倪晓薇，我没有喜欢过他，我只是怀念过去那些岁月。"

4

一年之后，我亦考上了北大研究生，我会常常和顾卫北擦肩而过，他没有认出我来，这个在他眼中那么平凡的女生，怎么会让他驻足呢？

我不知倪晓薇怎么解释那些信的。但她在一次电话中叫着，小莫！小莫！她不停地叫着我，我明白倪晓薇什么都晓得了，不晓得的只有顾卫北，他全心全意地爱着那个叫倪晓薇的女子，我想，这就够了。

我对倪晓薇说："好好地爱吧，唯有这样，才对得起那些死去的蝴蝶。"

说完，我轻轻扣了电话，而窗外，已经是一片秋凉。

那些蜕变的蝴蝶，你们也爱过吗？

心灵 寄语

有的时候爱就是这样，为了你爱的人，你可以做任何事情，即使是得不到这份爱也心甘情愿。爱是一种动力，它可以改变一个人的一生，有的时候，你的付出根本得不到回报，但是你的付出使你爱的人得到了幸福，你的心灵也同样得到了升华。

十五步光

周海亮

　　十五步光，流动着，只有十五步。那光是手电筒射出来的，橘黄色，淡淡的，光圈调得很小，从洗手间开始，轻轻地，牵着男人的脚步，嚓，嚓嚓，到卧室了，慢慢带上房门，光便熄灭了。小巧的手电筒，使用的空间，只有客厅；使用的距离，只有十五步。

　　男人经常在书房工作到很晚。那时女人已经熟睡，卧室里弥漫着玫瑰慵懒的芬芳。男人在洗手间洗漱完毕，关上客厅大灯，蹑手蹑脚地走向卧室。客厅漆黑一片，男人走得很小心。他得凭着感觉，绕过花盆，绕过电视柜，绕过皮墩，绕过茶几，然后轻轻推开卧室的门。男人摸上床，却不敢碰触女人的身体。他的手脚都有些凉，他怕将女人扰醒。

　　那天，男人被花盆绊了一下，小腿磕在茶几一角。很响的声音，伴着男人低低的惨叫，将女人惊醒了。女人开了灯，看男人腿上渗出血珠。女人说，你怎么不开灯？男人说，我刚关上灯。女人说，你怎么不先打开卧室的灯，敞着门，再关上大厅的灯？你怎么摸着黑？男人说，不用开……也不能天天磕着腿……再说，怕扰醒你呢。女人说，傻人，醒了怕什么呢？再睡呗。

以后，逢男人在书房熬夜，女人便会开着卧室的灯，敞着卧室的门，将一抹光线撒进客厅。男人说，不是开着灯睡不着吗？女人说，没事，习惯就好了。

有一天，男人工作到很晚，他想，这时候，女人肯定睡着了。他关了客厅的大灯，轻轻走进卧室，轻轻关上房门。他看到女人闭着眼，眼皮却快速地眨动着，然后，翻了一下身。男人轻声说，你还没睡吗？女人仍然闭着眼，却露出微笑的表情。她说，没事，关灯吧！又翻了一下身。

第二天，整整一个上午，男人在大厅和卧室间不停地穿梭。他盯着墙上的开关，翻出家里装修时的电路图，愁眉不展。他甚至找出了改锥、钳子、锤子和绝缘胶布，可最终，他又将这些东西放回了原处。

下午，男人去了趟超市。吃晚饭的时候，他掏出一个小手电筒，比一支钢笔大不了多少的手电筒。他把它握在手里，像握着一束鲜花。他把手电筒展示给女人，他说，看，开，关，开，关，还不错吧。

女人瞅瞅男人，再瞅瞅手电筒，再瞅瞅男人。她有些感动，却没有说话。

那个手电筒，使用的空间只有十五步。从洗手间亮起，到卧室熄灭。不过十五步光，却牵着男人，奔向每一个好梦。

心灵 寄语

一个小小的手电筒，反映了一个做丈夫的细心、体贴。爱是两个人的，只有双方的互敬互爱，才能让爱情得到升华。生活中常常会遇到看起来不起眼的小事，如果你忽略了你身边的人的感受，慢慢地，两个人的距离就会被拉大，为了爱，让我们每个人从点滴做起吧。

谁是你今生唯一的肋骨

李光辉

恋爱的时候，与所有撒娇的女孩子一样，她喜欢缠着他问："告诉我，这世上你最爱的人是谁？"

他总是微笑，拥紧她，轻轻地吻她的耳珠说："还用问，你呀，小傻瓜！"她心满意足，依在他怀里咯咯地笑起来。

有时候她还不肯罢休，追问着他："那么，在你心里，我是什么？"他思索了一会儿，认真地看着她的眼睛说："你是我身体的一根肋骨。""嗯？"她迷惑不解。

他笑笑说："女人是男人的骨中骨、肉中肉。每个男人都在寻找自己的那根肋骨，只有找到了她，他的胸口才不会隐隐地痛。"他握住了她的手，吻她的手心说："那么，尊敬的小姐，你愿意回到我的胸怀，做我的妻子吗？"她笑意盈盈地说："尊敬的先生，你肯定我是你身上的那根肋骨了吗？""当然！"他捉住她狠狠地吻下去，直到她嚷："我投降，我愿意！"

婚后，二人也曾度过好长一段甜蜜快乐的时光。但是因为年轻，不擅长处理婚姻中产生的矛盾与问题，现实生活的种种摩擦使感情受伤，繁忙的生活使人疲恚，琐碎的烦恼如蚁，慢慢吞噬了所有的梦想与爱情，居家的日子越来越平淡庸俗。不知从什么时候开始，他们之间的争吵与怨恨越来越多、越来越重。

她在一次争吵后，忽然痛哭起来，不顾一切地跑出了家门，而他狼狈地在后面追。隔着一条车水马龙的大街，他听见她在街对面声嘶力竭地冲他嚷："你根本不爱我！"他恨她的幼稚，伤害的话冲口而出："对，你觉得自己哪里可爱呢？也许我们结合是错误的，你根本不是我身上的那根肋骨！"她忽然安静了，怔怔地在马路边上站了好久。他有些后悔，但说出来的话像泼出去的水，是收不回来的。

她含着眼泪回家收拾了所有东西，执意与他离婚。

她在离去前对他说："如果我不是你的肋骨，那么让我走吧，与其痛苦，不如解脱。让我们各自寻找自己真正的另一半。"

分别五年，他一直没有再婚，女朋友倒是有很多，但总觉得她们少了些什么，不能让他满足。午夜梦回的黑暗中，他点起一根烟，胸口隐隐地痛。他不愿意承认是思念她的缘故。

他辗转听说她的消息：出国了，回来了，与一个外国人结婚了，又离婚了。她竟然没有等他。他愤慨地想，到底女人永远是耐不住寂寞的。

终于重逢，在制造无数离别与重逢的机场上。他率团出国考察，临登机前，他看见她独自站在风口最大的入口处，平静地对他微笑。他胸口一热，不顾一切地往回跑，隔着一道安检门，他大声地问候她："你好吗？"

她微笑点点头："我很好，你呢？你找到自己的那根肋骨了吗？"

他也微笑，摇摇头："没有！"

她说："我要坐下一班飞机飞往纽约。"

"我半个月后回来，回来给我电话，好吗？"他说，"你知道我的号码，什么都没有变。"

她回头对他一笑，挥挥手："再见。"

再见难道是永远不再见面的意思吗？一星期后他便知悉了她的死讯。她在纽约丧生，在那场举世震惊的

悲剧事件中丧生了。当时，他正弯腰拾起掉落地上的一样东西，忽然胸口一阵剧痛，他大口喘息，跌坐于地上。抬头便看见电视上正反复播放着那一幕举世震惊的惨剧，在此时茶几上的电话尖锐地响了一声便停止了。

午夜，他再点根香烟，胸口又在隐隐地痛，他终于知道，她就是他不小心弄断的那一根肋骨！

心灵 寄语

有的东西，当你拥有的时候，你并不觉得珍贵，但当你失去的时候，你却忽然感到它很珍贵。爱情就是这样，当你得到的时候，千万不要轻言放弃。有人说结婚是恋爱的坟墓，其实不然，当两个人结婚以后，你会感到家的温暖，虽然增添了许多生活琐事，但同时也给你带来了生活的乐趣，而你的生命也将从这里延续。

玫瑰往事

　　一盆儿偷来的玫瑰，有着顽强的生命力，浇灌它的人换了一拨又一拨，然而玫瑰依然年年如期开放，它象征着爱的永恒。没有人知道它的故事，只有他和她心知肚明，爱情是需要有缘分的，不像玫瑰花一样放在哪儿都照样能开放。

生命的奇迹

佚 名

这是发生在第一次世界大战时期，欧洲战场上的一个故事。

当时，德法交战十分激烈，双方都死伤累累。一次战役后，双方暂时休战，开始清点死伤的士兵，同时派出医护人员巡视战场，抢救伤者。但是，由于医护人员和药品不足，只能先抢救那些尚有痊愈希望的伤者，对于那些伤势过重，不可能再有生存希望的伤兵就只有放弃了。

有一位法国士兵，伤势极重，奄奄一息，不能说话，更不能动弹。军医检查了他的伤势，然后对其他人摇摇头说："伤得太重了，恐怕活不到明天早上！"说罢，就丢下了他，转向救治其他伤兵。

这个法国士兵听后大惊，内心十分惶恐，心里不断地说："救救我，我不想死！求求你们，不要丢下我不管……"可是他伤得太重，发不出任何声音来叫住他们，只能眼睁睁地看着医生离去。他的心中充满了悲哀、绝望……

战场上死一般的沉寂，身旁除了死去的伙伴之外，再也没有一个人。夜越来越深了，他感到死神正一步步向他逼近，他恐惧极了。他不想死啊！他想起了自己美丽的妻子和刚出生不久的儿子，他们需要他，他还年轻！

他的眼皮越来越沉重，不断地往下垂。他很清楚，只要一昏迷，可能就永远也醒不过来了，永远回不到他的家乡，见不到他的妻儿和亲人了。

他努力抗拒着死神的召唤，为了使自己保持清醒，他努力强迫自己回想以往那些美好的日子：他出生在法国南部乡下一个美丽的小镇。那里有一望无垠、随风起伏的麦田；他和小伙伴一起追逐嬉戏，那是多么快乐的童年啊！

还有17岁时，他第一次认识了他的妻子。她金黄的头发在阳光下发光，一双清澈明亮的大眼睛对他微笑，使他立即爱上了她。

青春的生命，真挚的爱情，他们深爱着对方。那是多么甜蜜，令人陶醉的岁月啊！至今他还记得，他们第一次约会、第一次接吻、第一次……可爱的她终于接受了他的求婚，嫁给了他。他欣喜若狂，感到无比幸福，恨不得能将消息告诉全世界。

婚后没多久，他们就有了可爱的宝宝。当妻子告诉他这个消息时，他无比激动，上苍如此厚待他，他的人生幸福圆满，没有一点儿缺憾。

然而，此时此刻，他却无助地躺在了战场上。

"天哪！我不能死呀！"他心里想着，"我不能让美丽的妻子年纪轻轻就做了寡妇，不能让尚在襁褓中的孩子成了无父的孤儿。我不能死在这里，我一定要回去，我的妻儿都在等着我。"

夜色渐渐退去，天亮了。医护人员再一次巡视战场，发现了尚存一息的他，震惊地说："奇迹呀！这个人本来已经没救了，居然能活到现在，真是奇迹！"

他们把他抬回后方，在细心的医治和护理下，这个法国士兵终于恢复了健康，回到了他日夜思念的故乡和妻儿身边。

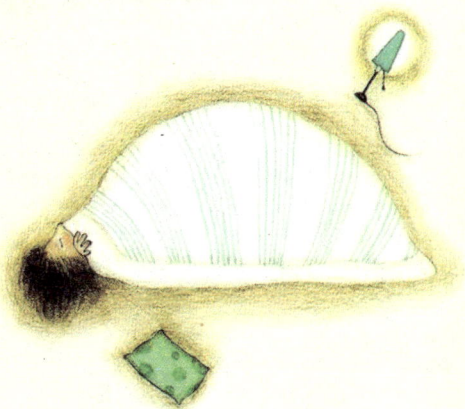

心灵 寄语

　　我们不得不为这个战士感叹！他是一个怀揣着梦想的人、一个渴望生存的人，如果没有坚定的信念，也许他早就离开人间了。就像地震中，我们的救援人员成功地解救出在地下深埋一百多个小时的人一样，创造出了生命的奇迹，这是因为那些人有着渴望生还的信念。

原封未动的情书

邓洁明

对一切美好的事物，我都有过强烈的渴望与执着的追求。读大二时，有一天，我去图书馆，不巧的是，我伸手要取的那本书，却被先我而来的一位女生拿走了。正当我感到惆怅时，没想到那位女生却回头将书递到了我手上，浅浅一笑说："你先看吧，我随便看哪一本都行！"

我还来不及道谢，她已转身离去，只给我留下一个高挑、颀长的背影。

虽然只是萍水相逢，而我却自作多情地认定这就是缘分。当时，我不仅担任学生会干部，还兼任校园文学社负责人。经常有一些我并不熟识的人同我搭讪。这让我常有一种校园名人的优越感。很快，我便将这位让我怦然心动的女孩儿倩的身世背景弄了个一清二楚。更巧的是，我们还是同乡。自此，我每周都给自己心仪的女孩儿倩写一封情书，并找机会毫无羞涩地当面交给她，也不管她乐不乐意接受。

尽管，我从没有收到过倩的回信，但我依然相信，她是喜欢我的！因为，每次和她相遇，她羞怯的眼神，以及她那欲说还"羞"的表情，已经流露出了她的心思。在我看来，没有哪个女孩儿在自己喜欢的男孩儿面前不害羞的，更何况像倩这样矜持、高雅、性格内向的人，她回不回信又有什么关系呢？只要她能读懂我的心就行。基于这种想法，我给倩写情书的节奏更快了，由原来的每周一封增加到每周两封。我想，只要我有着对爱情的执着与坚持，总会迎来云消雾散、阳光灿烂的一天。

然而，我终究还是错了。大学快毕业时，我的另一位同乡学友把我叫到他的宿舍，神情庄重地从箱子底下取出一个密封好的袋子给我，告诉我是倩让他转交的。那一刻，我心里特别激动，以为痴情已久的付出终于有了回报。捧着倩送给我的临别礼物，我赶紧躲进屋子里悄悄打开，我傻了眼！没想到呈现在我眼前的，是我当初写给倩的一封封情书，更让我惊讶的是，这些情书竟然原封未动。数一数，总共105封。

随信附有一张字条：我知道，这是你送给我最珍贵、最美好的礼物。因为，有你快乐的心和纯洁的情。我敢肯定，它们是真正的无价之宝。所以我不敢轻易占有，唯有珍藏着，直到完璧归赵，心里才能如释重负……我突然明白，这是世上最友善的拒绝方式。

我埋下多情的种子，却并没有如想象中那样收获到甜蜜的果实。相反，这份执着而沉重的爱，却给另一颗年轻的心带来了负担，而这一切，当时沉浸在爱的狂潮中的我却毫无察觉。

如果爱成为别人的心理负担，不能说不是一种伤害。而对于一个真正愿意让自己深爱着的人过得幸福美满的人来讲，宁愿舍弃自己的爱，也要让心中喜欢的人过得更加舒畅。

　　如今，我仍珍藏着这105封厚厚的情书，每当看到它们，我便在心底对自己说，并非所有执着的追求都是美好的。有时，一些看似美好的东西，如果对别人来说是一种累赘，不如尽早放弃，于人于己都是一种解脱。唯其如此，人生的内涵才会更丰富、更有意义。

心灵寄语

　　爱不是一厢情愿的，爱是快乐的，但被爱有时却是痛苦的，当你的爱没有给人带来幸福时，那就尽早放弃吧，给别人留下爱的空间，也就给自己留下了爱的空间；而当你不喜欢对方的时候，友善的拒绝更能显示出你的宽宏和伟大。

女人的战争

周海亮

女人的皮肤开始松弛，腰间有了赘肉，她的眼角积满皱纹，嘴唇不再鲜嫩和饱满。她穿着皱巴巴、松垮垮的睡衣，在菜市场和小贩讨价还价，声音惊动了一条街。男人想，怎么会这样？仿佛昨天她还是个天真烂漫的小姑娘，任男人捏着她的一根手指，而她羞涩地跟在男人的身后。她垂着眼说一句话脸就会红，楚楚动人的样子，让男人百般怜爱。怎么转眼就成这样了呢？男人想不通。

以前的女人，喜欢花，喜欢爱情剧，喜欢风铃，喜欢街角的咖啡屋。现在呢？任何一枝玫瑰，都不如一捆廉价的大葱令她兴奋；再香浓顺滑的咖啡，也不如一大碗豆浆让她感兴趣。以前的女人，怕黑，怕孤独，怕老鼠，怕恐怖片。可是现在呢？那天，男人正睡着觉，女人蛮不讲理地将他推醒。睡眼蒙眬中，他看见女人用手提着一只大耗子的尾巴，正眉开眼笑地展示着她的劳动成果。女人说是从柴房里捉的。耗子倒把男人吓得嗷嗷直叫。

仿佛一夜醒来，男人的小甜心就变成了阿香婆。这之间，似乎缺少让男人做好心理准备的自然过渡，男人对这样的变化感到茫然失措。

星期六晚上，女人显得很快乐。她说明天超市开业五周年大酬宾，排骨比

平时便宜两块钱呢。男人说，哦，就便宜两块？女人说，买三斤，能便宜六块呢。男人说，哦，不过六块。女人说，你明天五点半叫我起床，我得去排队。男人说，有这么夸张吗？五点半公鸡还没醒吧？女人说，你真啰唆。男人还等着她的下一句，却发现女人已经睡着了。她打着很大很放肆的鼾，让男人想起某一种圈养的动物。男人想，怎么会这样？就在昨天吧，女人连鼾声都有着百灵鸟般的美丽音质。

男人醒来的时候，太阳已经升得很高了。女人什么时间起床、什么时间奔向超市的，他并不知道。近中午了，儿子直喊饿，男人围上围裙，却想起女人也许能够提回三斤排骨。便说，再等等吧，你妈买排骨去了。又等了一个小时，终于盼回了女人。女人兴高采烈，手里果真提着一袋排骨。女人大着嗓门儿嚷，好悬！再晚去五分钟，这排骨就吃不上了！她急匆匆地奔向厨房，厨房里立刻传来哗哗的水声，散出诱人的葱花香味。男人说，你还没吃早饭呢，不饿吗？女人没有听见。她在厨房里唱着一支歌，她的声音沙哑，和百灵鸟的音乐有着天壤之别。

男人和儿子趴在餐桌上啃着排骨，嘴巴发出叭叭的响声，让女人想起某一种圈养的动物。男人说，你怎么不吃？女人说，好吃吗？男人说，好吃……你怎么不吃？女人就夹起一块，尝尝，说，好像有点儿淡吧……再回锅加点儿盐？男人一把拉她坐下，说，挺好啦，挺好啦！你快坐下吃吧。男人突然发现女人轻皱着眉。男人忙挽起她的袖口，看见她的肘部，擦破很大一块儿皮。男人说，怎么回事？女人说，排队的人多呀……挤呀……就被挤倒了……好在没白挨挤，多好的排骨……省了六块多呢！女人愉快地笑了。她自豪地看着男人和儿子，似乎她刚才做了一件非常了不起的大事。

男人有些感动。他手忙脚乱地翻找着抽屉里的药水。男人想，其实，女人每天都在做着非常了不起的大事。女人的战争，单调、漫长、乏味、琐碎，而代价，却是花般的容颜和青春。

心灵寄语

从一个温柔美丽且楚楚动人的女人，变成了一个粗俗邋遢且不修边幅的女人，这是岁月的流逝、生活的磨难带给女人的痕迹，其实她不知道这样的日子并不是生活，而只是活着。生活本应是丰富多彩的，为什么非让它蒙上一层灰色呢？女人应有自己的事业、自己的生活，过早地脱离了社会，她的生活是不可能幸福的。

那年，我也曾暗恋

雪小禅

我以全校第一名的成绩考上了重点高中。那时我是个瘦瘦高高的女孩子，穿衣服极不讲究。我的大多数衣服都是部队上的，因为姑妈在部队，所以，我穿着肥大的军装，根本没有什么腰身。我也和假小子一样，和后桌的男孩儿打架，庆幸的是，我的学习成绩一直遥遥领先。这次中考考了第一名之后，我得意了好长时间。

新生报到的第一天，我抱着自己新发的书往教室走，在拐弯的地方，突然撞到一个人。

正是秋天，他穿一件蓝色球衣，抱着一个篮球，高高帅帅地站在我面前。一笑，露出洁白的牙齿。我们同时说了声对不起，然后就笑了。再然后，我的脸莫名其妙地红了。

记得拐角处有一株高大的合欢树，分外妖娆，我匆忙把掉在地上的书捡起来，然后一路跑向了教室。

几分钟后，班主任进来了，接着，他也进来了。他就是我撞到的那个男孩儿。我看到他的同时他也看到了我。我注意到，他把额前的散发往上撩了撩，那个动作非常迷人，再之后，他坐在了我的后排。

我的心跳得更快了。之前和男生吵架动手的时候，我根本没有意识到自己是个女孩子，自从他到来之后，我觉得自己是个女孩子了。手不知往哪里放了，心跳得那么快，手心有微潮的汗，重要的是，脸红了。同桌叫周素，她说，你怎么了？我热，我说。

那时男女生根本不说话，我们班只有一个女生和男生说话，她是我们的班长。但我的心思可没在她身上，从第一天撞到他开始，我就知道，我可能坏了。

所谓坏了，就是忽然之间觉得自己那么难看，裤子也肥得不像话了，腿脚也放得不是地方了，头发这样短，杂志里说男生都喜欢长头发的女生，眼睛是不是太小……所有的一切全错了，而他进教室的刹那，我更是面红耳赤。如果没有记错，他进教室，走了13步到他的位子。

而且，他喜欢用海飞丝，有淡淡的薄荷香。

他哪天理了头发，哪天换了衣服，我一清二楚。从此，那个大大咧咧的人开始多愁善感，开始看李清照的词了，她说，剪不断理还乱，才下眉头，却上心头。怎么这么对啊！

学校里组织文学社，我第一个报了名。我非常踊跃地投稿，比朦胧诗还朦胧，其实写的全是他，无论是写秋还是写夏，总之，全是他。

他的声音那样充满磁性，他的头发那样黑，甚至他走路都与众不同。我常常跑到三楼去，那里可以望到后面的操场，他在那里打篮球或排球，不过我更喜欢看他踢足球，跑起来时非常动人，头发一飘一飘的。那件藏蓝色的球衣非常好看，好看得要命。我总是咬着自己嘴唇，偷偷想他在家的样子，也这么好看吗？

那时我们都是走读生，因为家在城里，所以学校不让住宿。晚上下了自习之后，一起骑车回家，我总是习惯性地跟在他的后边。春天的时候，他会把那件蓝色的球衣围在腰间，一边吹着口哨一边往前骑。有了他，我觉得整个路程显得那样短，那时和我走的还有另一个女生，她总说我说话有点儿前言不搭后语，其实，我的心思不在和她说话上。

不仅写诗，我还开始写日记了。

在日记中，他的名字叫JQ，是他名字汉语拼音的缩写。这是世界上只有我一个人才知道的秘密，这种隐秘的快乐叫我喜悦、叫我不安，也叫我慌张。

我开始偷偷地学着打扮，比如偷穿母亲的高跟鞋，比如擦上淡淡的口红，其实全是为了取悦他。可他好像并不在意。在上体育课时我出了丑，高跟鞋让我摔倒了，非常尴尬，我低下头，委屈地哭了，因为耳边有男生的笑，好像还有他。

真是委屈死了。

可还是喜欢，甚至有点儿盲目了。

有一天我早自习去得早，教室里只有他一个人，我走向自己座位时他抬起了头。我的脸"腾"就红了，他就在我的后桌，我的后背上好像全是眼睛了。那时觉得时光不要走了才好，然后就地老天荒了，然后就海枯石烂了。那时我迷恋上看三毛和琼瑶的书，一边看一边哭，以为自己就是其中的女主角，而男主角，我当然安排到他身上了。

文理科要分班了。我绝望地想，看来，我们要分开了。

那几天分外的惆怅和忧伤，高大的合欢树开了一树的花，我摘下几朵把它们夹在日记本中，由于日记本中有他的名字，所以显得分外的芬芳。我想着想着，突然就掩面哭了起来。

让我想不到的是，我和他居然分在了一个班，同时分在一起的还有五个人。

当老师念完分班结果后，我摸着自己的心脏，怕它跳出来似的。下课后，我去操场上跑了十圈，那样的喜悦，比中了大奖还要高兴。

我们仍然在一个班，仍然不说话，可我的心里还是那样惦记着、颤动着。日记越写越厚了，心思

越来越长了，但是，我却没有把这个秘密告诉任何人。在别人眼中，我不再是那个疯疯癫癫的丫头了，变得文静了、温柔了，知道买新衣服穿了，学习不如以前了，开始偷偷写小说了……

他在我的日记中，仍然是JQ。

两年之后我们要毕业了，他去了一所技校，我去了石家庄读大学。再见的时候，有些男女生开始说话了，但我们还是没有说话，始终隔着很远的距离，甚至毕业留言我都没有找他写。因为，我没有那个胆量，也许是太喜欢了吧，所以，觉得太遥远了。

大学第一年开始写信寄明信片，我给他写过一封信，无非是大学里的吃喝拉撒，实在与爱情没有任何联系。薄薄的一张纸，写了撕，撕了写，最后不了了之，还是胆小，还是不敢说。

明信片倒是寄了一张，选择了一张帆船图案的。蓝色的大海上漂浮着一只帆船，非常美。只写了他的地址和四个字：新年快乐。写他的名字时，我的手在发颤，心也在发抖，那是我第一次完整地写他的名字。

寄出去了。寄出去能说明什么呢？他收到的这种明信片大概太多了吧，寄出去的是一张"大海"，很快也石沉大海了。

然后，我开始了真正的初恋。

恋爱应该有的内容我都有了，写情书、约会、看电影、赌气、流眼泪……和我在一起的男孩儿很宠爱我，我们像所有情侣一样谈着恋爱。不过有时我心里会涌起淡淡的惆怅。说不清那惆怅是为什么，那薄青瓷一样的暗恋，已经在岁月中变冷，如同冬天来了，衣裳薄了，我要把过去藏在心里才好。

有同学提起他的名字时，我的心还是会咚咚地跳，好像失了魂。后来听说他结婚的消息，我脸上寡淡了一天，好像是彻底绝望了。没理由地想发脾气，记得那是个冬天，很冷。

后来我也结婚了，过着凡俗的日子和生活，慢慢就忘记了那些风花雪月的

事。而那几个日记本，一直被锁在抽屉里。自己安慰自己说，谁年轻时没做过梦呢？

自始至终，他只是我的一个梦而已。

记得有一次去国美买摄像机，和先生一起逛着，忽然对面就走来了他，我们都愣了一下，突兀地，我的脸又红了，红透了。

他和我先生寒暄着，握着手，而我的手开始莫名其妙地哆嗦起来了。

过了些日子，老班长张罗同学聚会，天南海北的同学全回来了，他和我都去了。说实话，如果他不去，我可能就真的不去了。

我们之间还是没怎么说话。

直到都喝多了。有男生提议玩个游戏——真心话大冒险，说当年谁暗恋谁一定要说出来，大家认为对就喝酒，不对就自罚，我心里忽然紧张得不行，浑身发抖。

有人说出来，大家就哄堂大笑，因为好像全是为了取笑才瞎编的。所有男生全说迷恋我们班长，怎么可能啊？于是班长就一直喝，说对说错她都喝，谁不愿意被暗恋啊。

到他了，他看了看我，然后说，我暗恋过她。

所有人都静了一下，我当时就傻了。之后，有男生说，他说得对，我早觉得这小子不对劲，肯定动过人家心思。看，脸还红了，来，我们喝吧。

乱哄哄的，不知怎么就把话题岔了过去。而我却微笑地看着他，问，真的吗？他笑了笑说，真的呀，很多男生都有过暗恋的，女生也是吧，那个年代，只能暗恋啊，你说呢？

我忽然就笑了，心底里，千树万树的梨花全开了。我总以为自己是多么不知羞，这样暗恋人家，原来，那么多人都曾经暗恋啊。

其实真的应该感谢暗恋，从暗恋开始，我有了一颗蠢蠢欲动的心，有了"做女孩子真好"的念头，而且常常会照镜子，会自言自语，现在想起来，是那样的美，又那样的纯。

外面开始下雪了，我们走到窗前，我伸出手去，感觉一阵阵的凉爽和清新，他侧过脸问我，你也曾经暗恋过吗？

回过头去，我轻轻笑着说，那年，我也曾经暗恋过。

他没有问是谁。

我也没有回答。

我们一块伸出手去，去接那纯洁的、透明的雪绒花。那场最美丽的暗恋，就是这一片片飞舞的雪绒花吧，那么轻灵，那么美丽，却又那么忧伤。

心灵寄语

暗恋从某种意义上讲也是一种幸福，他们怀揣着这种幸福偷偷地欣赏着对方，青春的年华慢慢逝去，然而心中的热情却涛声依旧，在每一本日记中，洒洒脱脱地记下了幸福的时刻。爱，有时候是不需要当面表达的，那种默默的爱，更能给人留下美好的回忆。

我怕伤害你

魏剑美

　　朝九晚五的写字楼生活过久了，不免使人感到郁闷，幸好有个愚人节可以放松一下。那天，琴和她的同伴早早就琢磨用什么损招来捉弄隔壁艺馨公司的那几个男孩子了——谁叫那些坏小子们每天都对刚从电梯里出来的她们吹口哨呢！

　　她们商量的结果是，想办法弄一份艺馨公司的通讯录，然后给他们每人发一条短信息："还记得那次在公交车上认识的女孩儿吗？她一直牵挂着陌生的你。中午1点在公园门口等你，不见不散。"那些短信息都是用琴刚买的手机发的。她们认为，神秘的号码对男人总是更具有诱惑力和欺骗性。

　　那天，琴的同伴抑制不住兴奋，好不容易熬到中午，便急急地要去公园门口的快餐店里等着看笑话。在下楼的电梯里，她们碰上了艺馨公司的男孩儿，他们全都一脸坏笑，笑得她们一个个心里直发毛。糟糕，难道他们相互之间通气了？但又转念一想，应该不会，男人一般死要面子，赴没有把握的约会应该不会声张。

　　如她们所愿，不到1点钟，艺馨公司新来的一个戴眼镜的男孩儿出现了。他虽然没有手捧鲜花，但看得出是经过了一番精心修饰。琴知道那男孩儿叫峰，刚刚研究生毕业。那男孩儿非常老实地守在公园门口向四处张望，琴和同伴躲在对街的店里开心得不行：这个书呆子！

时间过去了半个小时，峰依然没有显出不耐烦的样子。这时，天开始下起了小雨，雨很快就打湿了峰的头发和衬衣。4月的长沙仍然春寒料峭，琴注意到，峰不自觉地打了个寒战。后来他似乎动摇了，掏出手机按了发出那条短信息的号码，琴的同伴得意地说："打吧，傻子，我们早就关机了。"不知为什么，琴一下子没有了笑的心情，她感觉心里怪怪的，有点儿酸，也有点儿涩。峰终于往回走了。琴的同伴也看够了笑话，在回去的路上有说有笑，比过什么节都开心。她们万万没有想到，半路上竟然碰上峰，原来他是折回去拿雨伞又返了回来。这下子，她们笑得更开心了，只有琴觉得自己的心被刺了一下。整个下午，琴都没吱声。

琴后来听说，那天峰不但下午上班迟到了，而且晚上发高烧了。

琴终于按捺不住，给峰发了一条短信息："非常抱歉，我伤害了你。"

峰很快回话了："我知道你是开玩笑。那天是愚人节。"

琴问："那你怎么还去？"

峰答："我怕万一是真的，那会伤害一个纯洁的女孩儿。我宁愿被伤害的是自己。"这寥寥数语一下子就深深地打动了琴。

"那你后来怎么还返回去？"

"我怕你来时没带雨伞。我不能因为可能是玩笑而怠慢了真诚。"

短短的几天中，短信息在他们之间来来回回，琴感觉到手机那头是颗诚挚的心。她开始有些神魂不宁，每天都留意隔壁的动静，如果一天没看到书生气十足的峰，她心里就会莫名其妙地感到失落。

一天，碰巧电梯里只有他俩，峰冲琴友好地笑了笑，露出一口洁白的牙齿。琴不由得脸红了。

终于，琴不再沉默，鼓足勇气发短信息问峰："你有女朋友吗？"峰很快就回话："有。"琴的心顿时凉到冰点。好在他立马又补了一句："不过一次玩笑让我失去了她。"他告诉琴，从那以后，他就决心认真对待感情问题，哪怕是开玩笑。因为一句话、一次行动的不慎都有可能伤害一颗满怀真诚的心。

琴问："今晚我再约你，公园门口见。你还会来吗？"

峰毫不犹豫地回答："会。我还会事先准备一把雨伞。"

"你不怕再次受骗？"

"不怕！因为今天不是愚人节。呵呵！"峰"呵呵"的笑声让琴想起他的样子：一口洁白的牙齿，脸上是浅浅的酒窝，荡漾着真诚与自信。

傍晚，琴正精心打扮，峰的短信息又传来了："我已经猜到你是谁了，你就是电梯里那个脸红的漂亮女孩儿。我在公园门口等你。"琴羞涩地笑了。她在心里说："谁说他是愚人？这家伙才是真正的偷心高手呢！"

心灵 寄语

有时爱情就发生在不经意间，年轻的人们总会在愚人节那天搞一下恶作剧，打个电话、发个短信愚弄一下对方，但善意的人用善良的心态，迎接着别人善意的愚弄，即使是受人愚弄，也不愿意伤害别人，这样的"愚人"一定会得到女子的芳心。

玫瑰往事

罗 西

朋友办画展，我回母校为他捧场，顺便也走一圈青春遗迹。这是我的大学，环绕着一座布满乱坟与相思树的山——长安山！那时候，我读书，写诗，暗恋，卖报，在相思树下疾走……

年轻的学子缤纷地招摇而过，我不认识他们，他们也不注意我。但是我熟悉这样的笑声，他们成双成对，旖旎着校园的风景。这是失去的乐园，随着青春一去不返。

好像有人牵引着我，我径直来到曾经住过的宿舍楼下。夜幕刚刚降临，这是我第一次回来，悄悄地，不惊动别人，像是重温一个秘密，还有种类似做坏事的快感。

我亲爱的14号楼还没有被拆掉，我抬头急急寻找203的窗口，灯光比过去明亮。我居然在窗台上看到了我种的那盆玫瑰，十多年了，它是不是仍然奇妙地一年只开三朵？限量的，诡异的，仿佛跟谁赌气似的，非常女生脾气。记得当时，它是我心惊肉跳地从郊外偷回来的，包括花盆里的那些土。

这花与一段情感波痕有关。有个女孩儿叫"见见"——我为她起的小名，因为同在一个社团，她和我以及我宿舍的"面面"认识了。本来大家很自然地交往，可是，几个月后，见见爱上了面面，她告诉我这个秘密的时候，我心里一惊，然后就有种幻灭的失落感，也就在那个星光依稀的夜里，我意识到自己其实已经爱上她了，可是她心里已经有了面面。

我很自私地过了两天才把见见的话带给面面，他居然没心没肺地说："我早看出来了，但是我对她没有感觉……"我有些生气，他怎么可以这样无动于衷，可在心里又夹杂着某种柳暗花明的憧憬：也许我和她还有未来。

我天天都可以在203宿舍的窗口见到她，一天起码十次以上，她去教室上课、去食堂吃饭都要经过这里。我看她的时候，她往往也在仰望，有所期待地搜索着。我能读懂她的眼神，她在找无心恋爱的面面！我微笑致意，她勉强还我一个微笑，略带苦涩，但仍然美得让我心痛。

她的微笑应该有玫瑰与之相辉映！

有一天，我突然这样很诗意地想着，然后立马去郊外挖了那株玫瑰回来，种在一个白色的花盆里，还用铁丝缠绕着它固定在窗台上……这样见见就可以天天看见我为她种的玫瑰了，它是象征爱情的，为怀春的人吐露芳菲。因为那时写诗，所以才有这样傻而浪漫的念头，还觉得这是多么美丽的事。

那年，我读大二，之后连续看它开了三年的花，红色的，而且只开三朵。那个年代，还没有泛滥的手机、电话，但是我们可以直接用眼神交流。一盆用心良苦的玫瑰，她看见了，明白了，心领了，因为在毕业留言簿上，见见这样写道：感谢你和玫瑰三年的陪伴！我们互相知心，但是我们无缘！

男女间的友情往往比爱情高尚。她这样安慰着我。我们就这样分别，然后消失在人群中……

我忍不住跑上二楼，203室里面有同学在弹吉他唱歌。我很突兀地闯入，打扰了他们的兴致，我开门见山又语无伦次地告诉他们我是他们的老校友，住过这里，那花是我种的……他们没有我想象的激动，只是集体"哦"了一声，然后有人轻描淡写地告诉我："好像已经有四个人来过这里说那花是他种的！我们也不知该相信谁……"

典型的"多情却被无情恼"！我尴尬地笑了笑，退了出来。我不想再解释，原来内心营造的那些美丽与感动，有些被冲淡了，然后是些许的惆怅。玫瑰往事，那么遥远，庆幸的是，我的玫瑰还没有老去，一年又一年地开着三朵，祭奠我的青春、我的初恋。后来的一届届师弟们一定在这盆玫瑰里寄托过什么，要不怎么会有人回来看它，然后顺便撒个小谎说那玫瑰是他种的……这样想着，心情好多了，漫步走出校园，会心一笑，曾经书生意气的一盆玫瑰，多少滋润了渐渐枯萎的记忆。有些人是可以忘记的，有些事则是可以用来回忆的，比如我的玫瑰往事。

心灵 寄语

一盆玫瑰，有着顽强的生命力，浇灌它的人换了一拨又一拨，然而玫瑰依然年年如期开放，它象征着爱的永恒。没有人知道它的故事，只有他和她心知肚明，爱情是需要缘分的，不像玫瑰花一样放在哪儿都照样能开放。

旧爱的痕迹

凡 娘

当年我和妻是经人介绍认识的，那时我在一个小县城当文化馆馆员，很清闲，也很清贫。妻那时在县城当小学老师，交往时给我印象最深的是她出奇的恬静，而且极少见她有开怀的时候。第一次见面，我就发现她左手腕上戴了串小桃木的珠饰，配着她那身朴素的花布衬衫，十分和谐雅致。以后我俩继续约会，我看见她左腕上的饰串不断变化，有时是藤编手镯，有时又是珍珠串，还有的时候干脆系上一根丝线编织的手环。那些都不是什么价格昂贵的首饰，因此我以为那不过是她那个年纪的女孩儿喜欢的时尚而已。

有个初夏，我和她一起逛街，不知怎么，她那手腕上的珠链意外地断掉了，这时，我才发现原来在她手腕脉搏处有一道细长的伤痕，浅浅地裸露着。大概她也察觉到我的好奇和注意，便有些慌乱地用右手握住左手腕。那神情令旁边的我将已经冲到嘴边的疑问生生压了回去，埋头用心地捡起那些散落的珠子，用丝线穿好还给她。她接过，眼神微微显得惊讶，好像我不刨根问底大大出乎她的意料。其实我哪里不想问呢？但我清楚，有些话哪怕是关切也不可问，因为怕问到她内心不能触及的某个伤口。

　　之前我们的恋爱一直处于平淡如水的状态，可是发生过那件事后，她竟很主动地跟我讲："我觉得你各方面都不错，不如把彼此关系定了吧。"这当然是我求之不得的，不过欣喜之余，我也有点儿本能的疑惑，显然这不是因为她有多么爱我，更多的原因是我那天的默然。

　　结婚前一个月，我被单位派到省城培训。我曾在省城读过四年师范，有不少要好的同学，我的到来使他们欢天喜地，接二连三地找各种理由聚会。记得在一次聚会畅谈间，听一个同学无意间提及老家的旧事，说几年前有个年轻的女孩儿来省城念中专，爱上一个部级院校的男生。男生家境优越，家长自然不同意儿子和一个乡下女孩儿恋爱，于是想尽办法去干预，最后男生的母亲以死相威胁，逼儿子出了国。出人意料的是，那女孩儿竟然绝望地为恋人割了腕。说到结尾，讲述的同学说出了一个名字。我一听就怔了，因为那个名字竟然是我的未婚妻。"是你编的吧？现在哪里会有这种事？"我假装不信，可同学认真道："是真的，她和我是同乡，当时还是我在县医院当医生的哥哥抢救的她。"我脑子里闪过未婚妻左手腕上浅浅的痕迹，怪不得她不说，原来是那么惨痛的记忆呀！

　　这夜，一向不善表达的我拨通了她学校的电话，吭哧了半天对她说："我，我会一辈子好好待你，不让你伤心的。"她简单地"嗯"了一声，随后问："你怎么没头没脑地讲这个？如果我不信这点，也不会同意和你结婚哪。"显然她完全没有意识到我的真意，而我也不知道该进一步说点什么。挂了电话，我在狭窄的电话亭里待了一会儿，发狠地自语道："记住了，你娶的是个被爱重伤过的女子，所以这辈子都不可以让她再疼一回。"

　　婚后，我们过着最普通的日子，工作、家庭，而后又是孩子。我竭尽全力给她一个安稳的环境，努力工作，分担家务，甚至精心照料她乡下的父母。偶尔彼此也有过争吵，可每次开始不到五分钟，我就干干脆脆地投降。因为一见她委屈，她的眼圈红了，我就心疼，就联想起那道

被各种饰链掩饰的割痕——怎么还可以让曾经伤透心的她再为一点小事难过？于是忙不迭地认错赔罪，直到她转怒为喜。

在很多人眼里，我们绝对算得上是恩爱夫妻。可恩爱背后，妻的左手腕上依旧变换着各种装饰物。作为一个男人，我可以不去介意她的过去，不介意她热烈的初恋，却不能不在乎她这样的遮掩。而且由于这样的遮掩，我内心又不觉会滋生些想法：她仅仅是不能或不敢面对那道伤痕，还是始终就是身在曹营心在汉？另一些时候，我也会猜想她有过怎样一段初恋，又是怎样一个出色的男人会让她以死相报。

孩子5岁那年，妻有了个机会调到省城。最初我们都有些犹豫，可为了给孩子一个更好的教育机会，她最终还是去了。来回四小时的长途车，我们自然不能频繁往来，共度周末。渐渐地，一些议论开始在我周围出现，大致就是我们的差异日益拉开之类的。

"五一"长假，妻带女儿回来和我团聚，恰巧姐姐也来家里。姐姐在县机关工作，不时去省城出差，道听途说的消息很多。寒暄之后，姐姐借机拉我到阳台，揭秘似的告诉我妻的那段染了血痕的初恋，我忙替她辩解道："我早知道那事。"姐姐说："知道还大大咧咧地放她一个人去那么远？据说她当年的男友就是省城人，假如再有机会碰了面怎么办？"我顿了顿，老实地讲："我没想那么多、那么远，我认为只要缘分在一天，就去好好爱她一天。"

夜晚入睡，身边的妻幽幽地告诉我说："今天你和姐姐在阳台上讲的话，全传到厨房了。"厨房的窗户挨着阳台，做饭的妻肯定听了个真切。我翻身一骨碌坐起来，安慰道："姐姐那人嘴碎，你别往心里去。"妻幽幽地反问："你呢？你往心里去吗？"我笑道："要往心里去，当初就不会和你结婚。"面对妻的愕然，我说出了多年前早已听说的一切。

妻默默地听罢，轻轻问："既然知道，为什么还要对我这么好？"我想了想，照直答道："爱呗。"妻不信地继续问："就这么简单？"其实怎么会简单呢？一个男人能做到这些，内心要经历很多焦虑、挣扎和无奈的期待，而所有的感受，她永远也不会知道。想到这些，我像很久以前的那个夏天一样，生生压下所有要脱口而出的话，只是笃定地告诉她："是呀，就这么简单——因为爱，所以不舍得让你伤心。"

妻良久都没有说话，定定地望着我。随后她走到梳妆台边，拿出那只专门用来装各式饰链的盒子，褪下手腕上的珍珠串放了进去。她转过身时，我立即就看见一个笑容洋溢的女人——只有真正放下从前的女人，才会笑得如此灿烂。

整整六年，旧爱的痕迹终于被我抚平了。

心灵 寄语

肉体上的创伤也许能很快治愈，但心灵上的创伤却是很难治愈的。爱一个人，就要爱她的全部，包括它的过去和现在，即使是曾经发生过什么。有的时候，理解和宽容别人的过去也是一种高尚。人不是神，谁能无过？用你的心去温暖一颗受伤的心，其实既容易也不容易，你必须用宽容这把钥匙，打开你爱的人心灵上的一扇门，才能抚平她心灵的创伤。

敬　启

　　本书的编选参阅了一些期刊报纸和著作的文字以及图片，由于多种原因我们未能与部分入选文章和图片的作者（或译者）联系。敬请原作者（或译者）见到本书后，及时与我们联系，我们将按国家有关规定支付稿酬并赠送样书。

编 委 会

邮箱：chengchengtushu@sina.com